D0813802

Nous remercions le ministère du Patrimoine canadien,
la SODEC et le Conseil des Arts du Canada
de l'aide accordée à notre programme de publication

Patrimoine canadien — Canadian Heritage

Conseil des Arts du Canada — Canada Council for the Arts

ainsi que le gouvernement du Québec
– Programme de crédit d'impôt
pour l'édition de livres
– Gestion SODEC.

Nous reconnaissons l'aide financière
du gouvernement du Canada
par l'entremise du Programme d'aide au développement
de l'industrie de l'édition (PADIÉ) pour ce projet.

Illustration de la couverture :
Simon Dupuis

Couverture :
Conception Grafikar

Édition électronique :
Infographie DN

Membre de l'Association nationale des éditeurs de livres

Dépôt légal : 4e trimestre 2003
Bibliothèque nationale du Canada
Bibliothèque nationale du Québec

456789 IM 9876543210

Copyright © Ottawa, Canada, 2003
Éditions Pierre Tisseyre
ISBN 978-2-89051-878-0
11108

3.00

Une dette de sang

ou

La vengeance de Pierre Philibert, milicien de la Nouvelle-France

DU MÊME AUTEUR
AUX ÉDITIONS PIERRE TISSEYRE

Collection Chacal

La maudite, 1999.
Quand la bête s'éveille, 2001.

Collection Conquêtes

L'Ankou ou l'ouvrier de la mort, 1996.
Terreur sur la Windigo, 1997 (finaliste au Prix du Gouverneur général 1998).
Ni vous sans moi, ni moi sans vous, 1999. (finaliste au prix M. Christie 2000).
Siegfried ou L'or maudit des dieux, 2000.

Aux Éditions Hurtubise/HMH (jeunesse)

Le fantôme du rocker, 1992.
Le cosmonaute oublié, 1993.
Anatole le vampire, 1996.

Aux Éditions Triptyque

Le métier d'écrivain au Québec (1840-1900), 1996.
Dictionnaire des pensées politiquement tordues, 1997.

Données de catalogage avant publication (Canada)

Mativat, Daniel

Une dette de sang

(Collection Conquêtes ; 99)
Pour les jeunes.

ISBN 978-2-89051-878-0

1. Titre II. Collection : Collection Conquêtes ; 99.

PS8576.A828D47 2003 jC843'.54 C2003-941649-6
PS9576.A828D47 2003

Daniel Mativat

Une dette de sang

ou

La vengeance de Pierre Philibert, milicien de la Nouvelle-France

roman

ÉDITIONS
PIERRE TISSEYRE
www.tisseyre.ca

9300, boul. Henri-Bourassa Ouest, bureau 220
Saint-Laurent (Québec) H4S 1L5
Téléphone : 514-335-0777 – Télécopieur : 514-335-6723
Courriel : info@edtisseyre.ca

On se plaint de ce pauvre
genre humain qui s'égorge
dans notre continent
à propos de quelques arpents
de glace en Canada.

Lettre de Voltaire, 27 mars 1754

Vous savez que ces deux nations
[l'Angleterre et la France] sont en guerre
pour quelques arpents de neige
vers le Canada, et qu'elles dépensent
pour cette guerre beaucoup plus
que tout le Canada ne vaut.

Voltaire, *Candide*, 1759

Présentation

Un des frères Goncourt écrivait : « L'histoire est le roman qui a été ; le roman est de l'histoire qui aurait pu être. » Un roman historique est donc toujours un mélange intime de fiction et de vérité. Ce livre n'échappe pas à cette règle.

J'avais toujours pensé qu'un jour j'écrirais un roman historique qui aurait pour cadre le Québec. Seulement, je me heurtais toujours à deux obstacles. Premièrement, l'histoire officielle de la province, surtout celle de la période de la Nouvelle-France, a été trop souvent idéalisée, et je pensais que toucher à celle-ci m'exposerait d'emblée à de vives critiques. Deuxièmement, je ne voulais pas raconter la vie d'un martyr ou d'un héros du genre de Dollard ou de Lemoyne d'Iberville, mais celle d'un homme du peuple qui donnerait à mon livre une dimension plus humaine. En outre, je tenais à ce que ce personnage ne soit pas un *looser* (excusez : un perdant !). J'ai longtemps cherché et puis, un jour, j'ai feuilleté le roman de William Kirby, intitulé *Le Chien d'or* (1877), dans la traduction de Pamphile Lemay. Celui-ci, bien qu'ennuyeux à mourir, m'a alors donné une idée : raconter la chute du Canada aux mains des Anglais, vue par un simple milicien. Un peu plus tard, je suis tombé par hasard sur ce vieux numéro de la *Revue des dix*, qui traitait justement de la légende du « chien d'or » ayant inspiré Kirby. On y regrettait que l'auteur canadien du *Golden Dog* ait transformé un authentique fait divers scandaleux du Régime français en un salmigondis romanesque qui n'a plus rien à voir avec les événements qui se sont réellement produits entre janvier et mars 1748.

J'ai donc entrepris des recherches. J'ai consulté les historiens spécialistes de cette époque : Frégault, Thomas Chapais et sa biographie détaillée de Montcalm, le journal du siège de Québec du curé Récher, le livre de Laurier Lapierre sur la bataille des plaines d'Abraham, les ouvrages de Roland Viau décrivant les mœurs des autochtones à l'époque coloniale, etc.

J'avais mon histoire.

À vrai dire, du livre de Kirby, je n'ai gardé que le personnage d'Amélie et les relations cornéliennes qu'elle entretient avec son frère et son amant. Le reste est inspiré de faits authentiques. La plupart des personnages du livre ont donc vraiment existé : l'officier des Compagnies Franches, Pierre-Jean-Baptiste-François Xavier Le Gardeur de Repentigny (1719-1776), même si j'ai changé et écourté son prénom ; le bourgeois Nicolas Jacquin, dit Philibert ; sa femme Marie-Anne qui lui donna en réalité six enfants. Le meurtre et le procès décrits dans le livre ont également eu lieu, bien que je me sois permis d'en changer la date. Enfin, de Repentigny partit bien aux Indes où il devint major de Pondichéry, avant de mourir à Mahé en 1774. La description des différentes batailles et du siège de Québec est également rigoureusement exacte tout comme les portraits des grands personnages qui traversent le roman, tels l'intendant Bigot ou le général Montcalm.

Par contre, plusieurs éléments du roman sans avoir été inventés de toutes pièces font plus appel à la légende historique qu'à l'Histoire. Je m'explique. Les récits de la suicidée des chutes Montmorency (la Dame blanche) et de la fameuse sculpture du chien d'or[1], à l'instar des autres légendes, partent d'événements réels, mais ces faits d'actualité frappèrent tant l'esprit des gens que, très vite, ils

1. On peut encore voir cette fameuse plaque à Québec sur la façade, au-dessus du péristyle, de l'ancien bureau de poste de la Haute-Ville.

les enrichirent de détails et d'explications purement imaginaires. Ainsi, le récit légendaire de l'homme, qui traque sa proie de Québec à Pondichéry et fait inscrire dans la pierre quatre vers vengeurs illustrant sa détermination implacable, remonte aussi loin que le XVIIIe siècle. Il fut forgé par des écrivains anglais et diffusé par des voyageurs désireux de rapporter dans leurs écrits des anecdotes pittoresques, comme le capitaine Knox dans son *Historical Journal of the Campaigns in North America* (1769), Alfred Hawkins dans un autre récit de voyage de 1834, le ministre du culte M. Bourne dans son *Picture of Quebec* (1829) et le célèbre aquarelliste James Pattison Cockburn dans son *Québec et ses environs* (1834). Enfin en 1839, un poète et journaliste canadien-français, Auguste Soulard, le reprit dans *Le Canadien* et, peu à peu, il entra dans le folklore…

Ce roman s'inscrit donc dans une nouvelle version «dépoussiérée» d'une histoire très ancienne qui permettra aux jeunes de découvrir, je l'espère, que le passé du Québec et de nos ancêtres est tout aussi passionnant que celui des autres pays et des autres peuples.

I

Fort William-Henry, été 1757

À dix-sept ans, Pierre Philibert était le plus jeune des miliciens canadiens commandés par le chevalier Le Gardeur de Repentigny. Élevé derrière le comptoir du magasin de son père, rue Buade, à Québec, Pierre n'avait aucune expérience de la vie militaire. À vrai dire, il s'y connaissait plus dans la vente de cannelle, de raisins secs, de serge et de poêles à frire que dans le maniement du fusil à silex.

Avant de rejoindre son bataillon, il avait rêvé de charges héroïques où il mourrait peut-être, l'étendard blanc à la main, en criant: «Vive le roi!» Mais, depuis son départ de Montréal, il se coltinait des barils de poudre et des quarts* de lard ou il poussait à la roue des canons embourbés en se frayant péniblement un chemin dans les sous-bois, le visage mis en sang par des milliers de moustiques.

Cinquante lieues* de marche forcée ! Huit jours pour faire portager deux cents bateaux, quinze pièces d'artillerie avec leurs munitions, avant d'atteindre enfin le lac Saint-Sacrement ! Et pendant tout ce temps, poudrés et perruqués, impeccables dans leurs uniformes d'une blancheur immaculée, les officiers des régiments français de La Reine et du Royal-Roussillon n'arrêtaient pas de vous hurler : « Avancez ! Avancez, les Canadiens ! Plus vite, bande de culs-terreux ! Vous avez entendu les ordres ? Tout doit être rendu de l'autre bord avant l'arrivée de notre général, monsieur de Montcalm ! »

Tout en se remémorant ces journées d'enfer, Pierre appuya le canon de son mousquet sur un tronc renversé et, à l'instar de ses quatre-vingts compagnons envoyés en éclaireurs avec quelques indigènes alliés, il prit sa corne à poudre et entreprit de charger son arme. Un fusil de chasse de la manufacture de Tulle.

C'était sa première embuscade. Maudit fusil ! Pierre repassa mentalement les gestes appris par cœur au cours de sa brève instruction : déchirer la cartouche avec les dents...

verser un tiers de la poudre dans le bassinet et le reste dans le canon... bien bourrer avec la baguette... introduire la balle et bourrer de nouveau... placer la platine en position de tir... Il était enfin prêt.

Il tourna la tête vers son voisin immédiat, à plat ventre comme lui dans les broussailles, à la lisière du bois. Un sauvage*. Abénaki ? Micmac ? Outaouais ? Tête de boule ? Pour lui, ils se ressemblaient tous. Ses longs cheveux enduits de graisse d'ours, l'homme avait le visage tatoué de losanges et le corps entièrement peint en noir et en rouge. Ses oreilles percées étaient garnies de plumes et de pièces de monnaie. Sur son bras gauche, il avait aussi des scarifications : une douzaine de lignes tracées au couteau. Le nombre de ses victimes ? Sans quitter le lac des yeux, le sauvage lui fit signe de ne pas bouger, pointant du doigt, juste à leur droite, une flottille transportant une centaine de soldats en habits rouges.

— Anglais ! murmura l'Indien, la bouche déformée par un rictus de convoitise.

Saisi d'une sorte de vertige, Pierre s'essuya le front et ferma l'œil gauche pour mieux viser. Les paroles du vieux voyageur* qui lui avait montré à tirer lui revenaient en mémoire comme une leçon qu'il se récitait sans arrêt pour mieux apprivoiser sa peur : « N'écoutez pas ces cochons de Français, s'ils vous ordonnent de faire feu ensemble. Ça fait beaucoup de bruit, mais ça ne tue pas grand monde. Visez plutôt chacun votre bonhomme. Celui qui est en face de vous. De préférence, un officier. Visez au ventre. Vous serez plus sûr de ne pas le rater. À la guerre, on ne fait pas dans la dentelle. »

Maintenant, Pierre distinguait parfaitement les embarcations ennemies qui doublaient une à une l'île à la Barque. Il compta une vingtaine de barges, précédées par quelques canots d'écorce montés par des guerriers agniers facilement reconnaissables à leurs crânes rasés, ornés à l'occiput d'un chignon aux mèches tressées.

Pierre repéra également celui qui semblait commander. Un major, d'après ses épaulettes. Debout à l'avant de la première barque à fond plat. Très jeune, essayant de se donner un air martial, une de ses bottes posée sur le plat-bord de l'embarcation.

Pierre le mit en joue. À cette distance, il ne pouvait pas le manquer. Il replia lentement son index sur la gachette…

Juste à ce moment-là, une sarcelle jaillit des herbes du rivage et une détonation retentit. C'était l'Indien à côté de Pierre qui venait d'abattre l'oiseau.

— Quel est l'imbécile qui a tiré ? pesta le chevalier de Repentigny, embusqué non loin derrière un rocher.

Mais, avant que l'officier français ait eu le temps de replier sa lunette d'approche, toute la ligne des miliciens se mit à mitrailler le lac au point que la fumée en déroba partiellement la vue.

Pierre fit feu à son tour. Il vit l'officier anglais ouvrir de grands yeux étonnés, porter la main à sa poitrine et basculer dans l'eau. Rouges de sang, les flots furent bientôt couverts de cadavres. Des canots chavirèrent. D'autres, les flancs déchiquetés, coulèrent pendant que le reste de la flottille fuyait plus au large.

Très vite l'engagement devint confus. Un petit contingent anglais et quelques Iroquois avaient réussi à atteindre le rivage.

— Restez où vous êtes ! hurla le chevalier.

Ordre inutile. Le sauvage, qui se tenait près de Pierre, bondit, son casse-tête à la main : une arme redoutable, faite d'une boule de frêne garnie d'une lame de métal. Plusieurs des gens de son peuple le suivirent, se jetant à la nage ou embarquant dans leurs canots dissimulés parmi les roseaux. En quelques minutes, ils rejoignirent les survivants. En moins de temps encore, ils leur fracassèrent le crâne et les hissèrent jusqu'à terre, harponnant au passage les corps qui flottaient comme de gros poissons morts.

Quelques coups de fusil retentirent encore çà et là. Puis, après un bref instant de silence, une immense clameur déchira l'air. Sorte de glapissement humain et d'appel à la curée accompagnés de chants de victoire et de décharges de mousquet tirées en l'air.

Les rares miliciens qui, comme Pierre, étaient demeurés à leur poste, descendirent à leur tour sur la grève où plus de cinquante cadavres étaient alignés comme des pièces de gibier dans un sanglant tableau de chasse.

Seuls quelques Anglais avaient été capturés vivants. Pierre se rapprocha du groupe de prisonniers. Assis à l'écart, la pipe à la bouche, deux soldats de la Marine[1] les gardaient sans vraiment s'y intéresser. Les malheureux semblaient terrifiés. L'un d'eux, une vilaine blessure à la gorge, se traîna jusqu'au jeune milicien et, s'agrippant à ses mitasses*, le supplia :

— Pitié ! Pitié ! Pour l'amour de Dieu, ne nous laissez pas entre les mains de ces sauvages !

---

1 Des Compagnies Franches de la Marine, corps de troupe affecté spécialement aux colonies et à la défense du Canada. Bien qu'elles aient souvent été commandées par des officiers canadiens de la petite noblesse, les Compagnies Franches de la Marine recrutaient surtout des soldats natifs de France.

Pierre le repoussa. Le blessé ne le lâchait pas. Il parvint à se dégager, mais faillit tomber. Les soldats de la Marine partirent à rire.

Pour se donner une contenance, Pierre tira, lui aussi, sa pipe de ses poches et entreprit d'en bourrer le fourneau. Il ne pensa même pas à l'allumer. Les Indiens avaient commencé à détrousser les morts alignés sur le sable. Ils leur prenaient tout : bonnets de grenadier, tricornes, bottes, guêtres, habits rouges à parements, vestes galonnées, gibernes, cartouchières, se disputant âprement le butin le plus précieux comme les fusils Brown Bess et, surtout, les flacons d'eau-de-vie qu'ils vidaient d'une seule gorgée. Pierre constata également que plusieurs Canadiens s'étaient joints à eux et qu'ils n'étaient pas les moins avides. Sous leurs mains expertes, les corps dénudés se trouvèrent bientôt réduits à un pitoyable tas de viande sanguinolente.

Se sentant saisi par la nausée, Pierre gagna les fourrés et il vomit, appuyé contre un arbre. Quand il revint sur le rivage, les soldats n'étaient plus là.

Échauffés par l'alcool, les Indiens semblaient avoir complètement perdu la raison. Certains s'étaient revêtus de perruques d'officier et de parties d'uniforme, portant accroché sur eux un attirail d'objets hétéroclites arrachés comme prises de guerre et qui allaient du plat à barbe aux cuillères d'étain, en passant par les médaillons à l'effigie du roi George II. D'autres encore tiraient des coups de feu dans toutes les directions, au risque de faire exploser les barils de poudre récupérés sur une des barges échouées.

Soucieux d'éviter un mauvais coup ou une balle perdue, Pierre remonta sur la crête boisée, du haut de laquelle avait eu lieu l'embuscade. Il y retrouva un groupe de miliciens, parmi lesquels un certain Samuel Vadeboncœur, ancien coureur de bois des postes de l'Ouest, qu'il avait déjà rencontré dans le magasin de son père. Il lui demanda :

— On ne peut rien faire pour arrêter ça ? Et les Français, où ils sont ?

— Ils s'en foutent. Pour eux et leurs officiers, on est tous des animaux. Ils attendent simplement que la curée soit terminée.

Un hurlement insupportable interrompit la conversation entre les deux hommes. Pierre se précipita pour voir ce qui se passait au bord du lac. Ce qu'il découvrit le glaça d'horreur.

Un Indien venait d'abattre un des prisonniers britanniques d'un coup de tomahawk sur la tempe. Le soldat, saisi de convulsions, se débattit un moment, mais son assassin le saisit par les cheveux et l'immobilisa en lui écrasant la poitrine sous le poids d'un de ses genoux. L'Anglais ne bougeait plus. Alors, en deux minutes à peine, avec l'habileté diabolique du chasseur habitué à dépecer ses proies, le sauvage, à l'aide de son couteau, entailla jusqu'à l'os le front de sa victime. Puis, toujours avec la même dextérité, il lui découpa la peau tout autour du crâne en contournant les oreilles. Enfin, d'un geste brusque, il lui arracha l'ensemble du cuir chevelu en sectionnant avec les dents les lambeaux de chair qui résistaient. L'opération terminée, le sauvage se releva et brandit le trophée sanglant qu'il fixa ensuite à sa ceinture tout en poussant une série de cris gutturaux.

Ce fut le signal du massacre général.

Quand la nuit tomba, il n'y avait plus un seul Anglais vivant. Juste un charnier déjà bourdonnant de mouches.

Les entrailles nouées, Pierre murmura :

— C'est monstrueux.

Vadeboncœur, qui avait lui aussi observé la scène, cessa un moment de mâcher sa chique et cracha devant lui un jet noir de jus de tabac.

— Non, pas tant que tu penses. C'est de notre faute.

— De notre faute ? s'indigna Pierre.

— Oui, pour eux, au départ, t'arracher le poil, c'était t'ôter ta force. S'approprier un peu de ton âme, si tu veux. Mais, depuis que les autorités de la colonie les paient pour chaque scalp rapporté, c'est devenu un commerce plus payant que les peaux de castor. Dix écus pour une chevelure d'Anglais. Remarque que les Angliches sont pas mieux que les Français. Y font de même. Cinq livres, une tignasse comme la tienne et la moitié pour celle d'une Indienne ou d'un enfant.

Profitant des dernières lueurs du jour, les miliciens et les soldats avaient commencé à regagner tranquillement leur campement dressé à une des extrémités de la crique où s'était déroulé le combat. Déjà, la plupart des Indiens avaient déserté l'endroit, emportant dans leurs canots tout ce dont ils avaient pu s'emparer, y compris un certain nombre de cadavres débités en morceaux.

— Que vont-ils en faire ? demanda Pierre.

Le coureur de bois hésita, ouvrit la bouche, mais, finalement, il se ravisa et préféra se taire. Pierre lui emboîta le pas et se mit en marche vers le point de rassemblement. Le chevalier de Repentigny était là, en grande discussion avec un des chefs indigènes à propos d'un objet doré. Quand il passa près d'eux, Pierre vit qu'il s'agissait d'une montre en or que l'Indien voulait visiblement garder. Le chevalier la lui arracha et la fourra dans la poche de son justaucorps*.

Témoin malgré lui de la scène, Pierre passa devant l'officier sans rien dire, se contentant de lui jeter un bref regard. Le chevalier se planta aussitôt devant Pierre et lui lança, furibond :

— Qu'est-ce que tu as à dire ?

Pierre baissa la tête.

Le chevalier Le Gardeur de Repentigny avait les qualités et les défauts de sa race. De ses ancêtres normands, il avait l'impétuosité et le courage. De sa famille directe de petits hobereaux impécunieux venus en Canada pour s'enrichir vite et avoir un jour leur entrée à Versailles, il avait aussi hérité un caractère plein de morgue qui lui faisait mépriser les hommes sous son commandement. Officier sévère, il était donc redouté et, à défaut de l'aimer, on lui obéissait.

Dès le départ de Carillon pour le fort William-Henry*, but de l'expédition, Pierre et lui avaient ressenti l'un pour l'autre une sourde inimitié. Celle-ci se manifestait à chaque instant, aussi bien dans les ordres cassants du chevalier que dans les tâches auxquelles Pierre était assigné. En fait, les raisons de cette hostilité n'étaient pas rationnelles. Elles tenaient au tempérament et à la nature des deux hommes.

De Repentigny était tellement imbu de sa supériorité aristocratique qu'il se croyait le droit de pratiquer la guerre en commettant les plus féroces excès, étant donné qu'à ses yeux, la vie des simples soldats issus du peuple n'avait aucune valeur. Au contraire, en bon Canadien attaché à sa terre depuis trois générations, Pierre avait besoin de croire qu'il se battait pour une bonne cause. Pas pour sa patrie. Le mot était trop fort. Non, pour des choses plus simples qui lui tenaient à cœur : le magasin de son père qui sentait si bon les épices et l'encaustique, sa sœur Antoinette dans sa robe d'organdi bleu pervenche le jour de son départ, le vieux frère du séminaire qui se prenait pour Achille quand il lisait Homère dans le texte, le flamboiement des arbres dans leur livrée automnale, la beauté géométrique d'un vol d'outardes, les premiers flocons de neige…

Le premier affrontement direct entre Pierre et le chevalier de Repentigny remontait à la fin de juillet, au camp de La Chute.

Depuis le matin, monsieur le marquis de Montcalm, en grand uniforme, tenait conseil avec les chefs de mille huit cents sauvages de trente-trois nations, pour les convaincre de combattre sous l'étendard blanc à fleurs de lys. Serré dans sa cuirasse étincelante, le gros homme suait et s'épongeait sans arrêt. Chaque fois qu'il tirait une bouffée du calumet qui passait de main en main, son visage devenait écarlate.

Les palabres s'éternisaient. Le général avait beau parler du «grand roi qui l'avait envoyé au-delà du grand lac salé pour défendre ses enfants» et du «grand Ononthio qui lui avait dit dans ses rêves que ces mêmes enfants devaient l'aider à chasser l'Anglais du fort William-Henry»; il avait beau leur offrir des *wampums** de milliers de grains, des couvertures et de vieilles pétoires pour mieux les convaincre, les chefs écoutaient les interprètes en dodelinant de la tête et se lançaient dans de nouvelles joutes oratoires sans fin.

Appuyé sur son fusil, Pierre observait la scène. Il avait reçu l'ordre, avec quelques autres, de n'intervenir qu'en cas de bagarre ou d'extrême nécessité. Il admirait tout particulièrement le travail de Vadeboncœur qui agissait comme truchement*, passant d'une langue à l'autre en agrémentant son discours d'onomatopées et de signes qui suscitaient tantôt des accès de colère aboyante, tantôt des rires ou de grands silences étonnés.

Le général, lui, commençait à montrer des signes d'impatience et, toutes les fois qu'il devait s'interrompre pour céder la parole au coureur de bois, il soupirait en aparté avec son accent du Midi :

— Oh, coquin de sort, ils vont me rendre fada, ces animaux-là !

Pierre trouvait le spectacle d'une irrésistible drôlerie. Ainsi, cet homme grassouillet à la face rubiconde, c'était le vainqueur de Chouaguen[2], le sauveur annoncé de la Nouvelle-France, dont les drapeaux pris à l'ennemi ornaient la cathédrale de Québec !

— Hé, toi là, qu'est-ce que tu fiches ici ?

Pierre sursauta.

C'était le chevalier. L'officier lui tendit une cognée et lui désigna un bouquet d'arbres.

— Tu m'en coupes deux ou trois et tu me les débites pour faire du feu.

— Bien, mon capitaine, répondit Pierre qui, aussitôt s'attaqua à un érable à demi pourri.

Une encoche d'un côté, quelques coups de hache bien ajustés de l'autre et l'arbre commença à craquer, mais, au lieu de basculer comme prévu, le tronc vira sur la souche, et Pierre eut juste le temps de bondir de côté pour éviter d'être écrasé.

Ce n'est qu'en entendant les cris des Indiens et les jurons du général que Pierre com-

2 Fort Chouaguen ou Oswego, sur le lac Ontario, lieu d'une grande victoire remportée l'année précédente par Montcalm.

prit toute l'ampleur de sa gaffe. Dans sa chute, l'érable avait failli assommer le marquis et ses hôtes.

— Crénom de Dieu ! s'exclama monsieur de Montcalm, quel bougre d'andouille a fait ça ?

On s'empara de Pierre et on le poussa sans ménagement au milieu du cercle formé par l'assemblée des chefs. Plusieurs guerriers menaçaient déjà de quitter le camp. Le chevalier, d'un coup de poing en plein visage, fit choir Pierre sur le dos.

— C'est lui, l'imbécile, mon général !

Le marquis fulmina :

— Tu mériterais d'être pendu. De Repentigny, étrillez-moi proprement ce sombre idiot et faites-le-moi disparaître avant que tous ces sauvages y voient encore un avertissement de leur grand Manitou et s'enfuient comme une volée de perdreaux !

Pierre fut prestement entraîné à l'écart pendant que le général, avec sa faconde habituelle de Provençal, tentait de calmer Pennahouel, le chef des Outaouais, qui, furieux, s'était levé en se drapant dans sa couverture.

— Mes amis ! Mes enfants ! N'ayez pas peur ! Oui, ceci est un signe. Le présage que votre Dieu, le grand maître de la vie, veut que le fort William-Henry tombe comme cet arbre…

Pierre n'eut pas le loisir de goûter davantage les talents d'orateur du marquis de Montcalm. Empoigné par de Repentigny et un sergent des Compagnies Franches, il fut emmené brutalement jusqu'à l'autre extrémité du bivouac, où le chevalier ordonna à dix-huit soldats de s'aligner de manière à former une double haie. L'officier n'eut même pas à leur expliquer de quoi il retournait. Assis autour de la marmite commune, les hommes achevèrent d'avaler leur tranche de pain garnie de pois et de bœuf salé. Puis ils sortirent la baguette de leur fusil et se placèrent en rangs devant le chevalier qui leur précisa la sévérité de la peine à appliquer :

— Trois passages ! Et ne le ménagez pas. Il a failli tuer notre général.

Pendant ce temps, le sergent avait déjà dépouillé Pierre de son capot* et lui avait dénudé le dos à nu jusqu'à la ceinture, sa chemise pendant sur sa culotte. Ému sans doute par la jeunesse de Pierre, il lui glissa à l'oreille :

— Ne cours pas, sinon au deuxième tour, ils te taperont dessus encore plus fort. Marche et serre les dents, mon gars ! Surtout, pas un cri. Et dis-toi bien que c'est moins pire que les coups de plat de sabre.

« Passé par les baguettes. » Pierre avait déjà entendu parler de cette punition. Il ferma les yeux. Un roulement de tambour lui annonça que le moment était venu de subir son châtiment. Il fit un pas entre les soldats. Un premier coup de trique lui cingla l'épaule droite. Il grimaça et fit un second pas en avant, crispant les mâchoires pour ne pas hurler. Une autre enjambée : un autre coup lui entailla l'omoplate. Il se mordit les lèvres mais ne broncha pas, et continua bravement.

— Allez, cochon de Canadien, avance qu'on te fasse danser, lui cria un des soldats visiblement ivre.

— Tiens, prends ça ! plaisanta le dernier du rang en le fouettant de toutes ses forces. C'est pour toutes les misères qu'on doit endurer dans ton maudit pays !

Pierre ne sentait plus la douleur. Il fit demi-tour et affronta la seconde bastonnade avec la même apparente fermeté qui lui valut autant de quolibets que de remarques admiratives.

— Y'a pas à dire, ils ont la couenne dure, ces animaux-là !

— Allez, par ici, bourrique, que je te chauffe ta belle peau de jeune puceau !

— Dix sols que je le fais beugler comme un veau au prochain passage !

À la dernière ronde, le dos hachuré de longues marques rouges, Pierre trébucha au grand plaisir de ses tortionnaires. Il se releva péniblement et aperçut le chevalier, le torse bombé et la main sur la poignée de son épée. De Repentigny souriait.

Comme une brusque bouffée de chaleur, Pierre sentit alors monter en lui un sentiment mauvais qui lui raidit les muscles et l'aida à franchir en titubant les derniers mètres à parcourir. Le sentiment qu'il haïssait cet homme et qu'un jour, s'il en avait l'occasion, il le tuerait.

Le siège du fort William-Henry débuta le 4 août.

Cette fois, Pierre Philibert pensa qu'il allait enfin participer à une vraie bataille. Tenu par une garnison de cinq cents hommes, le fort avait vraiment fière allure avec ses quatre bastions et ses murs de grosses pièces de pin grossièrement équarries qui dominaient un fossé profond de vingt pieds. Le lac à l'ouest. Des escarpements rocheux infranchissables au nord. Un camp retranché, protégé par un marais au sud. La place semblait quasiment imprenable. Toute attaque directe était presque impossible. Restait une solution : écraser le fort à coups de canon.

Pour ce faire, monsieur de Montcalm disposait des quarante bouches à feu amenées depuis Montréal par bateaux. Des pièces de dix-huit et de douze, des obusiers de sept pouces et des mortiers de six, qui furent débarqués de nuit. Encore fallait-il suffisamment s'approcher du fort pour être à portée de tir. Après des heures de marches harassantes à travers ronces et broussailles, l'objectif fut enfin atteint. À moins de deux cents toises des palissades de pieux aiguisés, Pierre voyait distinctement les bouches des canons ennemis. L'ordre circula de s'arrêter.

Pierre ne savait pas trop quoi faire. Autour de lui, certains s'étaient mis à creuser. D'autres entassaient des barils de poudre. Pierre, quant à lui, se retrouva sans trop comprendre comment dans une chaîne humaine où l'on se passait des sacs de terre et des fascines*. Quand le rempart de terre de la redoute fut terminé, une équipe d'artilleurs y halèrent le tube de bronze d'un canon qu'ils montèrent sur son affût. Quelqu'un passa alors avec un chargement d'outils, et Pierre reçut une pioche. Et, comme un millier d'autres, il se mit à creuser pour ouvrir ce qui ressemblait à une tranchée et à une série de boyaux permettant de relier la batterie avancée à une autre batterie qu'on s'efforçait de fortifier sur l'aile gauche.

Malgré la touffeur qui trempait les habits de sueur, la nuit était magnifique. Le ciel était clouté de milliers d'étoiles et les ouaouarons rompaient régulièrement le silence de leurs coassements sonores, auxquels répondaient les longues stridulations des grillons.

Pierre et les miliciens de sa brigade trimaient en silence depuis plus de quatre heures, mais, dans le sol caillouteux, le travail n'avançait guère.

Mécontent, le chevalier leur lança :

— Nom d'un chien, grouillez-vous le cul !

— Tout bas ! le supplia un officier d'artillerie qui, à quelques pas, surveillait l'installation des pièces.

Trop tard.

À la seconde même, une gerbe de flammes, accompagnée d'une détonation, illumina la nuit. Un long chuintement... Une explosion... Une pluie de mottes de terre et d'éclats de métal chauffé à blanc. Un des canons du fort venait d'ouvrir le feu.

Instinctivement, Pierre se coucha à terre en se protégeant la tête de ses bras. Un second canon aboya et de nouveau la terre trembla. À partir de ce moment-là, la canonnade n'eut plus de cesse, labourant chaque pied de terrain et frappant à l'aveuglette. Empli d'un épais nuage de fumée âcre, l'air devint vite irrespirable. Les yeux irrités par la poudre en suspension, Pierre chercha son fusil à tâtons et le déchargea en direction du fort. D'autres l'imitèrent.

Soudain, une violente explosion souleva tout près de lui une nuée de poussière et de débris.

— Celui-ci n'est pas tombé loin, s'écria Pierre à l'intention du milicien, qui remplissait des paniers de terre juste derrière lui.

Le soldat ne répondit pas. Un boulet venait de lui emporter le bras et, bouche bée, il restait là à genoux, regardant sans comprendre son moignon qui pissait le sang.

Pierre hurla :

— Capitaine, Baptiste Cadoret est salement touché ! C'est grave ! Il se vide de son sang !

Le chevalier de Repentigny jeta un coup d'œil rapide au blessé.

— Ne vous occupez pas de lui. Reprenez le travail !

Un sifflement aigu. Un peu plus loin, une bombe frappa de plein fouet le bord de la tranchée et faucha trois sapeurs qu'elle réduisit en bouillie.

De Repentigny épousseta son uniforme et fit la moue en constatant que du sang avait éclaboussé une de ses manchettes de dentelle.

Pierre se remit à piocher. À la barre du jour, la tranchée et la redoute était achevées. Vingt et un miliciens avaient été tués.

Le général Montcalm vint inspecter l'ouvrage. Il félicita le chevalier qui, à son tour, lui fit compliment :

— Monsieur le marquis, j'ai appris que Sa Majesté vous a fait commandeur de l'ordre de Saint-Louis. C'est un grand honneur qui rejaillit sur nous tous.

— Je vous remercie, capitaine. Soyez assuré, pour ma part, que je n'oublierai pas non plus le zèle que vous mettez au service du roi.

Pierre n'avait pas dormi depuis deux jours. Épuisé, il lâcha sa pioche et s'assit, le dos appuyé contre le remblai*. C'est alors qu'il s'aperçut que le droguet* de son haut-de-chausse était tout poisseux et collé à la peau au-dessus du genou. Il voulut replier la jambe droite. La douleur lui arracha un cri. Un éclat lui avait ouvert la cuisse.

Le 9 août, les deux batteries étaient montées et une troisième presque achevée. On avait encore perdu quelques dizaines de miliciens et de soldats pour construire une chaussée de rondins à travers le marais, mais ce n'était qu'une broutille car le moment solennel était enfin arrivé.

En effet, à six heures précises, arriva monsieur de Montcalm, rasé de frais, poudré et coiffé de sa plus belle perruque, escorté par les membres de son état-major, Lévis et Bourlamaque. Pierre remarqua qu'il portait fièrement le cordon rouge de sa nouvelle décoration et affichait un air satisfait. Il crut même le voir se frotter les mains avant de tirer sa montre de son gilet brodé.

— Messieurs, c'est l'heure !

Pierre le vit alors tirer son épée et la lever bien haut, comme un chef d'orchestre lève sa baguette. Quand il l'abaissa, les vingt canons pointés sur le fort crachèrent leur mitraille tous en même temps, dans un fracas assourdissant. Aussitôt, les soldats clamèrent leur joie en jetant leur tricorne en l'air, imités par les sauvages qui, eux, poussèrent des ululements de joie.

Pendant qu'on le conduisait sous la tente de l'infirmerie, Pierre ne put s'empêcher de penser qu'il y avait dans tout cela une sorte de puérilité dérisoire qui ne fit que le plonger dans un océan de doutes.

Le fort William-Henry fut bombardé pendant presque trois jours. Le déluge de fer fut si intense que plusieurs pièces surchauffées éclatèrent et que, toutes les trente décharges, les canonniers n'eurent d'autre choix, pour les refroidir, que de leur uriner dans la gueule.

Heureusement, au troisième jour, un boulet chanceux fit sauter les tonneaux de poudre entreposés dans un des bastions du fort qui vola en éclats. En outre, la petite vérole faisait rage au sein de la garnison, si bien que, lorsque les canons anglais rendirent l'âme ou commencèrent à manquer de munitions, le lieutenant-colonel Monroe, commandant de la place, n'eut d'autre choix que de hisser le drapeau blanc.

Il y eut ensuite de longues discussions entre officiers des deux camps. On se salua. On se félicita mutuellement. On trinqua à la santé de leurs Majestés respectives. Puis on signa un parchemin selon lequel, monsieur le marquis, au nom du roi Louis le quinzième, se réservait les canons encore utilisables et surtout les deux mille cinq cents quarts de lard et de farine qui, à eux seuls, valaient le prix de toute l'expédition. Quant à messieurs les Anglais, ils pourraient partir avec armes et bagages, drapeaux et musique en tête, à condition de promettre solennellement de ne pas se battre contre la France avant dix-huit mois.

— Les imbéciles ! Pourquoi pas leur offrir des fleurs tant qu'à faire ! grinça Pierre entre ses dents, tandis que le frater* aiguisait sa lancette et attisait le feu de son brasero.

Le soldat qui faisait office de barbier et de chirurgien tendit à Pierre un gobelet d'eau-de-vie et un morceau de cuir.

— Tiens, bois un coup et mords là-dedans, p'tit gars, si ça fait trop mal.

Le soldat, sans montrer la moindre émotion, fouilla longuement dans les chairs avant d'en extraire ce qu'il cherchait : un morceau de métal souillé, long comme l'ongle du pouce.

Pierre se tordit de douleur et il fallut la poigne de quatre solides gaillards pour le maintenir immobile. Le frater remua les braises du brasero et en sortit un fer plat, chauffé à blanc.

— Tenez-le bien ! ordonna-t-il à ses aides.

Et sans hésiter, il plaqua le fer incandescent sur la plaie ouverte.

Pierre poussa un cri de bête avant de perdre connaissance.

Après une nuit agitée, lorsque Pierre reprit ses esprits, il était sous un abri de toile, couché sur une peau d'ours. Sa fièvre semblait tombée.

— Que s'est-il passé ? demanda-t-il aux autres blessés étendus près de lui.

— Rien. Les sauvages ont pillé le fort, mais y sont en beau maudit..., répondit un jeune canonnier au visage brûlé par un canon qui avait éclaté.

— Pourquoi ?

Ce fut un milicien de Québec, le bras en écharpe, qui poursuivit :

— Parce qu'y ont pas trouvé grand-chose. Alors y z'ont saigné comme des cochons tous les éclopés de l'hôpital. Y paraît qu'y sont même partis avec les couvertes des vérolés. Tu te rends compte !

— Ouais, reprit le canonnier, c'est une belle pagaille. Pendant que les officiers trinquent à leur belle victoire, les sauvages, eux, veulent leur part de butin et comme on leur a briconné* tout ce qui avait de la valeur, y sont pas contents. Moi, j'te parie qu'il va y avoir du grabuge.

Un tambour battit la diane. Pierre se leva et boitilla quelques pas à la recherche d'une branche fourchue qui pourrait lui servir de béquille. Au premier abord, ce qu'il vit, en s'éloignant du poste de secours, lui apporta un certain réconfort. Des troupiers s'affairaient à replier les tentes. Les canons avaient été retirés. C'était donc fini.

Un nouveau roulement de tambour sonna « l'assemblée ». Les soldats des différents régiments se mirent à courir vers le camp retranché où avait dormi le gros des Anglais qui s'étaient rendus la veille. On ouvrit les portes du camp et une partie de l'armée se mit en rangs pour présenter les armes à la garnison défaite, qui, selon la convention signée, devait partir à l'aube pour fort Edward*. Un peloton de la Marine était chargé d'escorter les vaincus et c'était le chevalier de Repentigny qui le commandait, précédant le colonel anglais, sa fille, ainsi que plusieurs chevaux de bât lourdement chargés. Derrière cet équipage, un *highlander** en kilt emboucha sa cornemuse et, au son aigrelet de son instrument, toute la troupe qui suivait derrière s'ébranla.

— Serrez les rangs, ne laissez pas d'espace entre vous !

Fantassins, artilleurs, grenadiers, volontaires américains, commis de magasin, domestiques, esclaves de couleur, femmes à soldats, le cortège était des plus bigarrés, chacun ployant sous le poids des havresacs trop pleins et des colis d'effets personnels qui allaient de l'horloge sur pied à la cage à poules.

À l'instar de plusieurs miliciens, Pierre s'était posté sur le bord du chemin pour assister à ce spectacle insolite. C'était donc là le résultat de cette glorieuse expédition. Toutes ces horreurs, tous ces morts, c'était pour en arriver là : à ce pitoyable défilé de soldats dépenaillés qu'on renvoyait chez eux. Pierre le savait maintenant. Il y avait quelque chose de répugnant dans cette guerre. Mais, à la vérité, existait-il des guerres propres ?

Tout en se livrant à ces réflexions, Pierre n'avait pas quitté des yeux la foule des vaincus. Ils avaient véritablement l'air d'une bande de saltimbanques partant en voyage. À un détail près. Un détail qui lui avait d'abord échappé. Ces gens étaient terrorisés. Cela se voyait à leur façon de presser le pas. À leurs regards aussi. Des regards furtifs jetés par-dessus leurs épaules. De quoi avaient-ils si peur ? Le général ne leur avait-il pas permis de se retirer avec les honneurs de la guerre ?

C'est alors que Pierre remarqua le manège des sauvages présents sur les lieux. Des bandes entières avaient rejoint le fort pendant la nuit et, imperceptiblement, par petits groupes, elles se massaient sur le passage des Anglais en retraite. Toujours plus nombreuses. Toujours plus pressantes. Toujours plus effrontées. Les femmes surtout. Les enfants aussi. Ils avaient dans l'œil cette lueur froide des bêtes affamées qui suivent leur proie avant de bondir sur elle. Ce fut une sauvagesse d'à peine treize ans, portant un bébé dans son nagane*, qui donna le signal de la curée. Les seins nus et vêtue d'une simple couverture enroulée autour de la taille, la jeune fille, très belle avec ses cheveux ornés de rassades* et de grains de coquillage, s'était d'abord comportée comme une vulgaire mendiante, main tendue, accrochant chaque passant par le bras. Puis elle avait emboîté le pas à un grand nègre chargé d'une montagne de cartons et de caisses d'osier. Le Noir, un esclave, n'osait la repousser. Il suait à grosses gouttes en roulant des yeux emplis d'effroi. Soudain, l'adolescente chercha à s'emparer du petit crucifix d'argent que le malheureux portait au cou. Elle tira de toutes ses forces sur la chaînette, sans réussir à la briser. Déséquilibré, l'homme trébucha et tout son chargement s'éparpilla sur le sol, laissant échapper une partie de son contenu : des vêtements et des articles féminins. Aussitôt, une nuée de femmes se jeta sur les chemises, les dentelles, les miroirs et autres colifichets, qu'elles se disputèrent à grands cris, attirant du même coup d'autres pillardes.

Assistant à la scène, un soldat français de l'escorte sortit sa baïonnette et la fixa au canon de son arme pour intervenir, mais, juste à cet instant, sans doute alerté par les cris, le chevalier de Repentigny surgit à cheval et fit signe au soldat de ne pas s'en mêler.

— Ne vous arrêtez pas ! Je ne perdrai pas une seule once de plomb pour ces chiens-là !

Pierre se demanda à qui s'adressait cette insulte. Il n'eut pas le temps d'approfondir la question. À peine le géant noir finissait-il d'être dépouillé et battu à mort par les harpies, qu'un autre fugitif subissait le même sort. Cette fois, ce fut un grenadier qui, sans un mot, se laissa défaire de son ceinturon et de sa mitre*, laissant même un gamin lui arracher avec les dents les boutons dorés de sa veste.

Pierre ne comprenait pas. Pourquoi ces hommes, qui avaient encore leurs armes, se laissaient-ils ainsi malmener et dévaliser sans se défendre ? Un officier anglais, monté sur un cheval nerveux, remonta la colonne et cria aux traînards qui fermaient la marche :

— *Don't resist ! Give them what they want ! It's an order from monsieur de Repentigny, the French officer who commands the escort*[3].

Une dizaine de fantassins firent alors glisser leurs havresacs de leurs épaules et les jetèrent en pâture à la meute des femmes et des enfants, auxquels s'étaient joints depuis peu

3 Ne résistez pas ! Donnez-leur ce qu'ils veulent ! C'est un ordre de monsieur de Repentigny, l'officier français qui commande l'escorte.

des guerriers de diverses nations. Beaucoup de ces derniers arrivants étaient ivres et, bientôt, ils ne se contentèrent plus d'ôter à leurs victimes quelques babioles ou lambeaux d'uniforme. Sans vergogne, ils leur arrachèrent leurs Brown Bess des mains. Ils leur fouillèrent les poches, quémandant de la boisson que quelques soldats commirent l'imprudence de leur donner.

La suite était prévisible. Menés par leur chef Panaouské, les Abénakis furent les premiers à se jeter sur les Anglais qu'ils massacrèrent sans pitié au milieu d'un concert de hurlements effroyables. Leurs rangs rompus, plusieurs soldats tentèrent bien de s'échapper dans les bois. La plupart furent abattus à coups de casse-tête. Sous l'effet de l'alcool, une sorte de frénésie meurtrière semblait s'être emparée des guerriers indigènes qui rattrapaient les Anglais ayant réussi à s'enfuir et les égorgeaient les uns après les autres, en poussant un cri triomphal chaque fois qu'ils prélevaient sur leur proie un macabre trophée. L'un avait suspendu une dizaine de chevelures à un bâton qu'il agitait comme un drapeau. Une cruche de rhum à la main, un autre avait accroché des mains coupées à sa ceinture et riait, l'air hébété.

Pierre avait encore en mémoire le massacre du bord du lac. C'était le même scénario qui se répétait. Sauf que, cette fois, les Indiens étaient un bon millier et les quelques centaines de sodats français qui laissaient se perpétrer cette tuerie risquaient de payer très cher leur inaction. À quoi pensaient-ils ? Maintenant, qui allait contrôler cette horde furieuse ?

De fait, ce n'est que lorsque ses hommes commencèrent à être en danger que le chevalier de Repentigny se décida enfin à intervenir :

— Chassez-moi cette canaille ! pesta-t-il en frappant du plat de son épée ceux qui osaient s'approcher trop près de sa monture. Faites doubler le pas ! ajouta-t-il. Empêchez les maudits Anglais de leur céder leurs fusils.

Il y eut plusieurs tirs de mousquet échangés entre les sauvages et les Français. Des corps tombèrent. La confusion était totale. Pierre ramassa deux pistolets d'arçon tombés sur le sol et, malgré la douleur qui lui tenaillait la jambe, il rejoignit les quelques soldats courageux qui, de leurs crosses de fusil, s'efforçaient de repousser un parti d'Outaouais qui venaient de s'attaquer aux derniers débris du convoi. Ils en avaient tout particulièrement contre l'équipage du lieutenant-colonel Monroe, lequel défendait tant bien que mal la voiture à bord de laquelle il avait pris place avec sa fille. La jeune femme était affolée. Un Indien l'avait empoignée par sa longue crinière rousse quand Pierre déchargea sur lui un de ses pistolets. La brute s'écroula, une balle en plein front. Deux autres Indiens, un peu plus loin, tentaient de désarçonner le père de la jeune fille. Pierre en abattit un. L'autre battit en retraite. Le colonel ôta son tricorne et salua Pierre :

— *Young man, you saved my daughter. I'll remember you. What is your name*[4]*?*

— *Philibert, sir. Pierre Philibert, from Quebec.*

Il y eut encore des morts et des corps affreusement mutilés. Puis on vit accourir au pas de charge plusieurs bataillons de fantassins avec, à leur tête, monsieur de Lévis. L'empoignade prit alors l'allure d'une véritable bataille rangée. À quelques pas de Pierre, un sergent du régiment de La Sarre eut la poitrine percée par une lance. Des flèches se mirent à pleuvoir. Pierre vit un soldat s'effondrer à côté de lui, la gorge traversée. Lui-même tira sans viser.

Tout à coup, une voix puissante s'éleva au milieu du tumulte et, bien que l'homme ne portât ni uniforme ni perruque sur la tête,

4 Jeune homme, vous avez sauvé ma fille. Je me souviendrai de vous. Quel est votre nom ?

Pierre l'identifia à l'instant. C'était le marquis de Montcalm en personne.

À la vue du général, plusieurs sauvages se sauvèrent, entraînant avec eux un certain nombre de prisonniers et assommant de manière expéditive ceux qu'ils devaient abandonner sur place.

Monté sur un cheval blanc, le général était visiblement furieux et dépassé par les événements. Comme ses prières et ses menaces ne semblaient pas avoir d'effet sur la bande d'irréductibles qui continuaient leur carnage, d'un geste théâtral, il déchira sa chemise pour exposer sa poitrine.

— Puisque vous ne voulez plus écouter ma voix, tuez-moi !

Contre toute attente, ce jeu de mauvais acteur tragique fit son effet et ramena un semblant de calme.

Les derniers autochtones se dispersèrent en entonnant une sorte de chant lugubre pendant que leurs chefs de guerre entouraient le marquis en gesticulant et en manifestant leur mécontentement.

Hors de lui, le marquis interpella le chevalier :

— De Repentigny, qu'est-ce que c'est que ce bordel ? Où sont les interprètes ?

— Saouls comme des bourriques, mon général. À notre départ, pas un ne tenait debout.

— Pourquoi n'avez-vous pas évacué la garnison de nuit, comme je vous l'avais ordonné ? reprit le général qui ne dérougissait pas de colère.

— Mes hommes aussi étaient ivres morts…

Durant cet échange, les chefs rassemblés tout autour n'avaient pas arrêté de s'agiter et de pousser des cris de protestation dans leur langue.

Excédé, le marquis s'écria :

— Trouvez-moi immédiatement quelqu'un qui comprend le jargon de ces macaques. Sainte mère de Dieu, il faut une tête de fer pour résister à ces animaux-là !

On alla chercher Samuel Vadeboncœur qui arriva, les yeux bouffis par le sommeil et l'alcool. Il se mêla aux Indiens avec qui il discuta un long moment. Puis il se tourna en bâillant vers le génénal.

— Ils disent qu'ils voient que leur Père est fâché. Mais pourquoi avoir laissé partir les Anglais sans les tuer. Ils disent que les Français ne les comprennent pas. À la guerre, le sang doit couler. Le sang est nécessaire. Il est source de vie. Ouskeha, le Soleil qui gouverne le monde, a besoin de sang pour briller de tous ses feux. Qui fera pousser le maïs si on ne lui donne pas ce qu'il veut ?

— Quelle horreur ? Ce pays me tuera, s'indigna le général en se retournant vers le chevalier de Repentigny.

— Quelles pertes avons-nous subies ?

— De notre côté, une dizaine d'hommes. Chez les Anglais, un peu plus de cinquante[5]. Deux cents ont fui dans les bois. Cinq à six cents ont été capturés et emmenés.

Le général ne décolérait pas.

— De Repentigny, vous rendez-vous compte que ces hommes étaient sous la protection du roi. J'avais donné ma paole de gentilhomme. Quel scandale, si la cour apprenait que nous les avons laissé massacrer !

Vadeboncœur, qui avait écouté l'échange, ôta son bonnet de laine pour se gratter la tête et se moucha bruyamment entre les doigts.

— S'ils ne les ont pas mangés d'ici là, vous pourrez toujours les racheter au marché de Montréal. C'est là qu'ils conduisent leurs hommes-bêtes ou, si vous préférez, les esclaves dont ils espèrent tirer un bon prix. À moins qu'ils essaient de les refiler au gouverneur qui,

5 La garnison de fort William-Henry comptait un peu plus de 2200 hommes. Il y eut, selon le journal de Montcalm, environ 50 soldats massacrés. Par contre, en Nouvelle-Angleterre, l'événement créa tout un émoi et on parla de pas moins de 1500 victimes.

d'habitude, leur donne un baril d'eau-de-vie par tête.

— Vous plaisantez ! s'indigna le marquis.

— Pas du tout. C'est leur coutume. Gibier ou marchandise, voilà ce que nous sommes pour ces fils de la Nature, qui, je vous l'assure, nous méprisent autant que vous les méprisez.

Visiblement découragé, le général fit tourner son cheval et, avant de reprendre la direction du camp, il ordonna :

— Vous, le truchement, promettez à ces sauvages n'importe quoi pourvu qu'ils foutent le camp. Quant à vous, chevalier, vous allez me conduire le reste du troupeau au fort Edward et je vous jure, bonne mère, que si en route vous me perdez un seul de ces satanés Anglais, vous m'en répondrez personnellement...

Pierre crut même l'entendre grommeler entre ses dents :

— Pays de malheur ! Pourquoi diable m'a-t-on envoyé ici ?

Ce soir-là, Pierre se prit à passer en revue tout ce qu'il avait vécu au cours de ces terribles semaines passées en campagne. Il se rendit compte que ses dernières illusions s'étaient envolées.Il ne lui restait plus qu'une seule certitude : défendue par de tels hommes, la Nouvelle-France était perdue.

Sur ce, il ferma les yeux et serra les mâchoires, car sa jambe avait recommencé à suppurer et l'élançait de manière insupportable.

II

Le lac Saint-Pierre, hiver 1757-1758

Sur le chemin du retour, faute de soin et de bandage propre, la blessure de Pierre s'infecta et, bientôt, il fut incapable de marcher. On dut le porter, chaque secousse lui arrachant un gémissement de douleur. Calvaire qui empira encore, tout le temps que dura la remontée du lac Champlain et la descente de la rivière Richelieu, où il croupit de longues heures à fond de canot.

— Pas bon ! Pas bon du tout ! hocha de la tête l'Indien qui se trouvait derrière Pierre, à la pince de l'embarcation.

Il arrêta de pagayer pour fouiller dans le sac de peau suspendu à son cou. Il en tira un sachet rempli de feuilles sèches qu'il tendit à Pierre.

— *Oscar*[1], répéta le sauvage en reprenant son aviron. Bonne médecine. Toi, mettre sur ta blessure.

Quand la flottille qui ramenait l'armée accosta à Montréal, Pierre était si mal en point qu'on le transporta à l'Hôtel-Dieu. Dans les salles royales, récemment ouvertes pour héberger les victimes de la guerre, s'entassaient près de deux cents malades et blessés. Les sœurs hospitalières étaient débordées. Chaque jour, on retirait des paillasses une dizaine de morts, victimes de la gangrène ou des fièvres malignes. Des soldats encore valides aidaient les religieuses à envelopper les corps dans des draps et à les jeter dans des fosses communes où on les recouvrait de chaux vive. On frottait ensuite les planchers au vinaigre et on installait dans les lits libérés ceux qui attendaient, couchés, dans les couloirs ou la chapelle.

Dans les semaines qui suivirent, l'état de Pierre ne cessa d'empirer. Sa cuisse avait enflé et ses plaies souillées grouillaient de vers. Le chirurgien qui l'examinait au hasard de ses tournées parlait de l'amputer. Il eut

1 Onguent pour soigner les blessures.

assez de force pour protester qu'il préférait mourir. Le médecin haussa les épaules et, la lancette à la main, écarta les courtines du lit voisin pour saigner un autre blessé.

Un matin, une jeune novice, qui rougissait sous sa cornette dès qu'elle avait à lui changer ses pansements, vint lui annoncer qu'il avait de la visite. C'était Samuel Vadeboncœur qui remontait à Québec avec les miliciens qu'on venait de démobiliser. Pierre lui confia une lettre pour ses parents, avec l'ordre formel de ne rien révéler de son état. « Il avait décidé de rester quelque temps à Montréal. Il allait bien. Il serait rentré avant la Noël. Il embrassait Toinette sur le bout du nez et lui faisait promettre de ne pas faire de folies ainsi que de cesser de tirer la langue aux clients malcommodes du magasin dès qu'ils avaient le dos tourné… » Sous le regard réprobateur de la mère supérieure, Samuel alluma sa pipe et promit de tout rapporter « fidèlement »

Quelques jours plus tard, Pierre reçut une autre visite. Son oncle Zacharie, commerçant comme son père, propriétaire d'une tannerie et d'une fabrique de tonneaux, rue Saint-Paul. Un homme riche et influent qui arriva avec un panier rempli de chapons rôtis, de pâtés en croûte, de pots de confitures et de bouteilles de vin cachetées qu'il remit aux bonnes sœurs en même temps qu'une bourse rebondie.

— Prenez soin de mon neveu, ajouta-t-il, et ne ménagez pas vos prières. C'est un brave garçon. Ma sœur en mourrait s'il devait lui arriver quelque chose.

Pierre en profita pour lui demander ce qui se passait en ville.

— C'est comme d'habitude, répondit l'oncle. Le marquis s'est chicané avec le gouverneur. Il a claironné partout que les coloniaux n'étaient que des grandes-gueules et que c'était à ses soldats que revenait l'honneur de la victoire. Il a fait sonner les cloches. Tout ce beau monde a défilé, drapeaux et tambours en tête. À l'église, ils ont chanté un *Te Deum* à pleins poumons, après quoi ils se sont tous saoulés.

L'oncle s'interrompit pour se servir un verre de vin et empoigner une aile de poulet. Il reprit :

— Pour le reste, rien de changé. Tout va de mal en pis. Avant les moissons, il a plu pendant trois semaines. Les blés étaient si rouillés et échaudés qu'on n'a pas récolté grand-chose...

Parlant la bouche pleine, le vieil homme faillit s'étouffer et fut pris d'une interminable quinte de toux.

— C'est une vraie honte. Tu sais, l'intendant Bigot nous a mis à la pesée[2]. Deux onces

2 Au régime.

de pain par jour. Il paraît même qu'il veut nous obliger à manger du cheval ! Tu te rends compte ! Pourquoi pas de la chair humaine quant à faire ! Et pendant ce temps-là, cette crapule rafle toute la farine et la revend à prix d'or. Il donne des soupers de quatre-vingts couverts où on joue gros, on danse au son des violons et on se gave à ventre déboutonné. Des rats, je te le dis. Des rats qui sentent la fin et qui n'ont qu'une idée en tête : s'emplir les poches avant de quitter le navire.

L'oncle goûta les confitures du bout de son doigt :

— Et toi, comment vas-tu ?

— Pas trop mal.

— Ça a dû être terrible là-bas. Veux-tu bien me dire quelle folie t'a pris d'aller te battre ? Tu sais, ton père était furieux contre toi. J'espère que tu as eu ta leçon. D'ailleurs, d'après moi, le printemps prochain, il n'y aura pas d'autre campagne. On a reçu des renforts, mais il y a eu une épidémie à bord des bateaux et deux cents hommes sont morts avant d'arriver. Louisbourg est perdu, tout comme les forts de l'ouest. Il n'y a plus qu'à les remplir de barils de poudre et à allumer la mèche. Pour moi, mon petit Pierre, on est mieux d'apprendre tout de suite à chanter *God Save the King* ! De toute façon, pour nous, les bons Canadiens, ça changera quoi, hein ?

L'oncle avait sorti sa pipe de plâtre et s'apprêtait à l'allumer, quand il se ravisa à la vue d'une des religieuses qui fronça les sourcils en passant près de lui, une bassine pleine de sang entre les mains.

— Allez, je te quitte, mon garçon. Je reviendrai te voir. Tu es entre bonnes mains. Et puis, les Philibert ont la vie bien chevillée au corps. Pas vrai ?

Pierre demeura à l'hôpital jusqu'à la mi-décembre. L'hiver prit plus tôt qu'à l'accoutumée, dès la fin octobre. La neige s'infiltrait par les châssis disjoints et, chaque jour, il fallait la balayer à l'extérieur. Plus les semaines passaient, plus les salles, déjà encombrées, se remplissaient. Indigents affamés, ouvriers aux mains noircies par les engelures, matelots syphilitiques, picotés, cholériques, femmes frappées de folie, enfants foireux, la colonie entière semblait malade, réduite à ce lamentable échantillon d'humanité qui grelottait de fièvre, toussait et râlait. Les sœurs étaient au désespoir. Elles manquaient de tout. Même de bois pour chauffer le poêle de fonte qui trônait au milieu de la salle. Résultat : l'eau gelait dans les brocs et les cuvettes, et il faisait si froid que, chaque matin, il fallait faire dégeler le pain et la soupe sur le feu.

Heureusement, Pierre était jeune et robuste. Il ne mourut donc pas. Par contre, sa blessure refusant de se refermer et continuant à laisser écouler du pus, les religieuses renoncèrent à le soigner par les voies traditionnelles de la médecine et jugèrent que, désormais, seul Dieu pouvait lui apporter la guérison. Prier en invoquant tout particulièrement la bonne sainte Anne, c'est ce que lui conseilla sœur Marie-Madeleine, une jeune converse* aux joues roses, qui veillait sur le dortoir. Cependant, rien n'y fit. Ni les lectures édifiantes que la brave hospitalière venait faire régulièrement à son chevet. Ni les massages consciencieux qu'elle lui prodiguait à l'aide d'un onguent miraculeux fait de saindoux et appliqué en récitant sept *Pater Noster* consécutifs.

— Je dirai une neuvaine spécialement pour vous, ajouta-t-elle, pendant qu'elle rentrait sous son bandeau une mèche de cheveux rebelles.

Cela dura ainsi un bon mois, jusqu'à ce que Pierre s'en mêle. C'était par une de ces nuits de cristal où il semble que la vie elle-même est devenue cassante comme du verre. Incapable de trouver le sommeil, Pierre réclama son capot de soldat pour s'en servir comme couverture supplémentaire. Or, en fouillant dans les poches du vêtement, il retrouva par hasard un sachet de cuir souple. C'était celui contenant la médecine soi-disant magique dont l'Indien lui avait fait présent pendant la remontée du lac Champlain.

À la lumière tremblotante du lumignon qui, au-dessus de son lit, éclairait une image de la Vierge, il commença par enlever la charpie qui lui enrobait la cuisse. Puis, avec la poudre contenue dans le sachet mêlée à un peu de salive, il confectionna une sorte d'emplâtre qu'il appliqua sur sa plaie avant de refaire son pansement.

Le lendemain, l'enflure avait déjà diminué. Signe encourageant qui ne manqua pas de ravir sœur Marie-Madeleine.

— Vous voyez, mon fils, la force de la prière. C'est un véritable miracle.

Pierre se contenta de sourire.

Une semaine plus tard, il était sur pied et, le lundi suivant, après être passé brièvement chez son oncle et sa tante pour les remercier, il embarquait dans une voiture à destination de Québec.

Le chemin du Roy était bien balisé et la neige bien battue. La carriole* filait à vive allure. Le conducteur, que Pierre avait rencontré au marché de la place d'Armes et qui avait accepté de l'emmener, était un forgeron de Beauport, venu à Montréal enterrer une de ses sœurs. Il était très fier de son cheval. Un petit canadien noir à longue crinière, râblé, nerveux et fringant, qui galopait au son clair des grelots ornant son collier.

La journée était magnifique. Un froid glacial, mais un de ces ciels d'un bleu limpide, illuminé par un soleil blanc qui vous aveugle et transforme en poussière de diamant les cristaux de neige soulevés par les brusques rafales de vent.

Ayant quitté Montréal à l'aube, après avoir franchi les fortifications par la porte de la Canoterie, le voiturier lui avait promis qu'il coucherait le soir aux Trois-Rivières et qu'il serait à Québec, le lendemain. Un peu plus de trente lieues par jour, son cheval n'aurait aucune misère à les franchir si la neige était bien tassée.

Bien emmitouflé sous une peau d'ours, Pierre ne prêtait qu'une oreille distraite aux propos du forgeron. Malgré les passages raboteux et les ponceaux glacés, le voyage se déroula sans encombre jusqu'à La Valleterie[3] où, poussés par un fort vent d'ouest, de lourds nuages bouchèrent complètement l'horizon.

---

3 Ancienne graphie de Lavaltrie.

Passé Masquinongé[4], là où le fleuve large de trois lieues prend le nom de lac Saint-Pierre, il commença à neiger. Un fin duvet d'abord, puis des flocons mouillés qui tombèrent dru jusqu'à former un rideau blanc, rendant la visibilité de plus en plus difficile.

— Le temps se morpionne, dit le cocher. Je vais prendre à droite par le fleuve. On ira plus vite en longeant la rive et, si ça se gâte, on arrêtera à la Pointe-du-Lac, chez mon frère Thomas.

Ce disant, le forgeron fit claquer son fouet juste au-dessus des oreilles de son cheval, qui, obéissant, quitta la chemin et prit une coulée menant au fleuve. Effectivement, sur la glace, les traîneaux précédents avaient tracé deux ornières profondes qui dessinaient une route rectiligne facile à suivre, d'autant que des âmes charitables avaient pris soin de bien marquer le chemin en plantant de chaque côté de celui-ci des branches de sapin tous les vingt-quatre pieds.

La carriole reprit donc son allure dans le tourbillonnement de la neige et du vent. Puis la tempête se leva pour de bon, crachant un fin grésil qui piquait le visage. Les flancs et la gueule couverts de frimas, le petit cheval noir cessa de trotter pour avancer au pas, l'échine

---

4 Ancienne graphie de Maskinongé.

courbée, la tête basse. À demi engourdi par le froid mordant, Pierre somnolait depuis un bon moment, quand, tout à coup, un brusque cahot le tira de sa torpeur. Il ouvrit les yeux. Autour de lui, le monde semblait avoir été aboli. Tout était d'une implacable blancheur et plus rien ne permettait de distinguer le ciel de la terre.

Pierre eut l'impression que la carriole avait changé de direction. La glisse était moins douce et la voiture tanguait et chassait de côté à chaque accident de la surface glacée. Il remarqua également que le cheval s'enfonçait tellement dans la neige qu'au lieu de maintenir son train régulier, il donnait maintenant de grands coups de reins et progressait par bonds des pattes arrière, comme un animal qui lutte pour ne pas s'embourber.

La carriole finalement s'immobilisa.

— Je crois que je me suis écarté*, confessa le cocher en secouant les glaçons qui pendaient aux poils de sa barbe.

— On ne peut pas rester là.

— Non, mais le joual* est trop fatigué pour continuer. Je vais l'mettre dos au vent et le couvrir. Moé, j'vas chausser mes raquettes et aller quérir de l'aide.

— Vous êtes fou, on n'y voit rien et la nuit ne va pas tarder à tomber.

— Ne vous inquiétez pas pour moi. Il y a une ferme pas loin, à main gauche. Tantôt le vent s'est accalmi et j'ai entendu des chiens aboyer...

Pierre n'insista pas. L'homme connaissait bien la région. Il devait savoir ce qu'il faisait.

Pierre le regarda donc s'équiper et, lorsqu'il le vit disparaître dans la tourmente, il lui cria sur un ton faussement enjoué :

— Et si vous trouvez vos habitants, demandez-leur de me préparer un bon fricot. Je meurs de faim.

Deux heures plus tard, le cocher n'était toujours pas revenu.

À la nuit tombée, la température chuta encore et le blizzard redoubla de violence. Le col de son capot relevé et son tapabord* enfoncé jusqu'aux yeux, Pierre se coucha en chien de fusil au fond du traîneau.

Il n'ignorait pas les effets sournois du froid. Il ne fallait surtout pas s'endormir. Conserver toute sa tête également, car l'abaissement extrême de la température provoquait parfois d'étranges hallucinations. Pierre luttait donc pour rester conscient. À l'affût de la moindre lueur ou du moindre signal perceptible à travers le hurlement des éléments déchaînés.

Or, brusquement, au milieu des sifflements modulés du vent, il crut entendre comme des cris entrecoupés de sanglots. Il tendit l'oreille. Ce n'était pas une illusion. Quelqu'un appelait au secours. Une voix de femme.

Pierre repoussa la fourrure qui le recouvrait, descendit de la carriole et essaya de repérer la direction d'où provenaient ces supplications qui, peu à peu, se changeaient en plaintes sourdes à peine audibles.

Il prit le cheval par la bride et le força à avancer. La brave bête s'arc-bouta et réussit péniblement à décoller les lisses du traîneau déjà enfoncées dans plus d'un pied de neige. Pierre se plaça à l'avant et battit un semblant de chemin pour aider le cheval à progresser. Trois cents pas plus loin, il s'arrêta hors d'haleine. De nouveau, il tenta de repérer la voix qu'il avait entendue demander de l'aide. Rien. Aucun signe de vie. Seulement la clameur continue du vent.

Découragé, il allait renoncer à pousser plus loin quand, soudain, il crut apercevoir une forme noire. C'était une berline* d'hiver, une sorte de carriole fermée comme une chaise de poste. Elle était presque couchée sur le flanc. Trop mince à cet endroit, la glace avait dû céder dessous et les chevaux s'étaient sans doute noyés, car le timon* était brisé et les harnais, arrachés. Toujours est-il que la pesante voiture était en mauvaise posture. Elle gîtait dangereusement et menaçait d'être, à son tour, engloutie.

Pierre en fit le tour et buta sur un corps qui gisait, coincé, sous la carcasse du véhicule. Probablement le domestique qui conduisait l'attelage. Il avait dû être éjecté de son siège au moment de l'accident. Pierre s'accroupit pour examiner le malheureux. L'échine brisée, il était déjà raide.

À cet instant, un faible gémissement s'échappa de l'intérieur de la berline. Pierre essaya d'ouvrir la porte. Elle était bloquée. Il la força d'un solide coup d'épaule. Assise en face d'une servante noire coiffée d'un madras, grelottait une toute jeune fille enveloppée dans une longue cape. En le voyant, celle-ci murmura entre ses lèvres déjà bleuies par le froid :

— Merci, monsieur, d'être venu. S'il vous plaît, occupez-vous de Louison. Je crois qu'elle est blessée…

— Elle est morte, lui répondit Pierre.

— Et mon cousin qui nous a menés jusqu'ici ?

— Mort, lui aussi. Venez, il ne faut pas rester là. Comment vous appelez-vous ?

— Amélie.

— Donnez-moi la main. Allez-y doucement.

Encore sous le choc, elle lui conta qu'elle retournait chez sa tante, madame de Tilly, quand elle avait été surprise par la tempête.

Pierre la prit dans ses bras et l'installa sur la banquette arrière de son propre traîneau. Il était temps. À peine se furent-ils éloignés de quelques pas du lieu du drame que, dans un craquement sinistre, la berline bascula et disparut dans les eaux glacées.

Pierre reprit le petit cheval noir par la bride, cherchant à rebrousser chemin jusqu'à l'endroit où le forgeron l'avait abandonné. Hélas, la poudrerie avait eu tôt fait d'effacer la trace de ses pas et de gommer la double ligne laissée par les patins de la carriole.

Jugeant inutile et dangereux de poursuivre ses recherches dans de telles conditions, Pierre revint donc s'asseoir près d'Amélie. Puis, en se mettant à l'abri du vent pour battre le briquet, il réussit à allumer un des fanaux accrochés à l'avant de la carriole.

— Inutile de continuer. Nous sommes assez loin du chenal. Il n'y a donc plus de danger. Ici, la glace est épaisse. Mieux vaut attendre qu'il fasse jour et que ça se calme.

Sans broncher, Amélie approuva de la tête. Pierre, tout en parlant, avait abaissé la lanterne de cuivre percée de multiples petits trous et, à la lueur vacillante de celle-ci, il put enfin contempler le visage de celle qu'il venait de sauver.

Elle était belle. Très belle. De cette beauté rayonnante des femmes qui, dans l'ingénuité de leur tendre jeunesse, ignorent encore tout de leur pouvoir. Des yeux bleus de Normande. Des boucles folles de cheveux blonds. Des pommettes rouges dont l'éclat était ravivé par le froid. De fines mains de musicienne qui sortaient sans arrêt de leur manchon pour se réchauffer les oreilles ou se frotter le bout du nez. Un geste presque enfantin qui fit sourire Pierre. « Pas une de ces poudrées de la bonne société de Québec, pensa-t-il, pas une de ces barbouillées de blanc de céruse* qui passent leur temps devant leur miroir à se demander à quel coin de la bouche elles vont se coller leur mouche pour faire chavirer les cœurs de leurs soupirants. »

En fait, Pierre était tellement sous le charme d'Amélie qu'il lui fallut un certain temps avant de s'apercevoir qu'elle n'était pas suffisamment vêtue et qu'elle claquait des dents. Il retira la crémone* qu'il avait enroulée sur le bas de son propre visage et la noua autour du cou de la jeune fille. Elle tremblait toujours comme une feuille. Il la recouvrit de la peau d'ours. Les frissons convulsifs qui agitaient Amélie ne diminuèrent pas. Pierre savait ce qu'il fallait faire dans ces cas-là, mais il craignait la réaction de la demoiselle.

Il lui expliqua maladroitement. Elle ne parut pas comprendre. Alors, délicatement, il l'allongea dans le fond du traîneau et commença à dénouer ses vêtements. Elle ne résista pas. Ensuite, il se déshabilla à son tour, ne gardant que sa chemise de batiste. Puis il se coucha sur elle, peau contre peau, en recouvrant leurs deux corps de tout ce qui pouvait les isoler du froid extérieur.

Pierre sentit la poitrine d'Amélie qui se soulevait et son souffle chaud dans son cou. Un trouble étrange monta en lui. Il chuchota :

— Ne craignez rien, mademoiselle. C'est le meilleur moyen de conserver notre chaleur.

Sous lui, le corps raidi, Amélie ne bougeait pas. Il voulut la bercer de mots rassurants. Elle détourna le visage.

Pourtant, peu à peu, Pierre la sentit se décontracter, lui-même éprouvant un profond réconfort au contact de la peau nue de la jeune fille. Quelque chose de très pur et d'animal à la fois. Un désir primitif et troublant qui le poussait à s'oublier pour communiquer sa chaleur à l'autre et le ramenait, sans qu'il en soit conscient, aux sources mêmes de la vie. Amélie dut, elle aussi, ressentir cet élan de générosité naturelle, car plus les heures passaient, plus elle s'abandonnait entre les bras de Pierre. Se serrant contre sa poitrine. Nichant sa tête sous son menton et mêlant sa respiration à la sienne.

Le dos recouvert d'une épaisse carapace de neige, Pierre n'osait plus bouger. Craignant d'écraser Amélie sous son poids, il lui demanda doucement :

— Ça va?

Elle lui répondit par une légère pression des doigts autour de son bras.

À l'aube, il renouvela sa question.

Elle ne répondit pas.

Elle dormait profondément.

Les bourrasques de vent avaient cessé. Pierre secoua la chape glacée qui avait croûté sur lui. Un soleil éclatant illuminait le paysage, comme si la tempête n'avait été qu'un mauvais rêve. Ébloui, il cligna des yeux. Au loin pointait un clocher et sur le fleuve immaculé s'avançait une traîne à bâtons* montée par deux hommes et tirée par un bœuf sous le joug. C'était le forgeron qui revenait avec de l'aide.

Amélie remua légèrement. Elle ouvrit les yeux et les referma aussitôt, aveuglée par la lumière trop crue. Enfin éveillée, elle se redressa un instant et se rendit compte alors que sa robe ouverte laissait entrevoir ses seins. Rouge de confusion, elle se relaça rapidement.

— Nous sommes sauvés ! s'écria Pierre.

Pelotonnée au fond de la voiture, Amélie ne répondit pas.

Inquiet, Pierre se pencha sur elle, lui touchant presque le visage. Elle le regarda droit dans les yeux et, au moment où il s'y attendait le moins, elle se souleva brusquement et l'embrassa à pleine bouche.

— Content de vous revoir ! s'exclama le forgeron en frappant Pierre d'une grande tape dans le dos et en lui tendant un flacon d'eau-de-vie.

— Tenez, buvez un coup ! Ça réchauffe. Je vous présente mon frère Thomas.

L'habitant qui accompagnait le forgeron ôta son bonnet pour saluer la compagnie.

— Ça fait un maudit boutte qu'on vous cherche, reprit le forgeron tout en dévisageant Amélie avec insistance.

Pierre, à son tour, raconta en quelques mots dans quelles circonstances il avait fait la connaissance de mademoiselle de Tilly.

Gênés et mal à l'aise, les deux villageois firent un léger signe de tête en guise de salut.

— Allons, ne restons pas là ! trancha Pierre. Un bon feu et un bol de soupe chaude, ça ne serait pas de refus !

Une demi-heure plus tard, les deux traîneaux entrèrent dans la cour de la ferme où la belle-sœur du forgeron les attendait, ses huits enfants autour d'elle et son petit dernier dans les bras. Un chien famélique les salua en aboyant au bout de sa chaîne. Pierre remarqua également que l'étable était vide. En entrant, une des fillettes lui sourit et il la prit dans ses bras. Elle était maigre comme une pigne*. Si frêle qu'il eut presque peur de lui briser un membre. L'attitude de la mère de l'enfant le frappa aussi. Bien qu'habillée avec soin d'un casaquin* et d'un jupon de coton rayé, elle paraissait d'une pâleur extrême et se déplaçait avec lenteur, comme si elle était à bout de force. Cette impression passée, Pierre n'en fut pas moins heureux de se débarrasser de son capot et de ses bottes sauvages*.

À l'intérieur de la pièce basse, ronflait un gros poêle de pierre, bâti avec des galets, que l'habitant s'empressa de bourrer de bûches jusqu'à la gueule. Amélie se précipita dans sa direction pour se réchauffer les mains. La fermière invita Pierre à s'asseoir à la longue table de pin, autour de laquelle avait déjà pris place le reste de la famille. Pierre fut surpris de constater que l'hôtesse n'apportait que trois écuelles fumantes, mais il avait si faim qu'il s'attabla en face d'Amélie et du forgeron sans se poser de questions et il rompit le quignon de pain qu'on avait placé devant lui pour en faire tremper les morceaux dans la soupe bouillante. C'était une soupe de pauvre : du blé noir bouilli avec quelques pois et une petite tranche de lard. Pierre mangea avec appétit. Il jeta un coup d'œil à Amélie. Elle avait déjà fini sa soupe et se bourrait de crêpes et de galettes de sarrasin que la fermière lui servait sans arrêt. Pierre eut envie de rire, mais il se figea quand il surprit le regard des enfants qui l'entouraient. Les malheureux salivaient à chaque bouchée qu'Amélie avalait. La vérité le frappa brusquement. Ces gamins mouraient littéralement de faim.

L'habitante voulut lui resservir une louchée de soupe. Il refusa poliment.

— J'ai envoyé chercher monsieur le curé. Lui, il pourra vous mener aux Trois-Rivières, dit le fermier en s'adressant à son frère. Ton cheval est trop mal en point pour continuer et moi, je n'ai plus le mien. À la ville, il y a des gens de Québec. Monsieur l'intendant et sa suite. Ils se chargeront de la jeune dame. Peut-être accepteront-ils aussi de prendre ton ami. Toi, tu peux rester ici quelques jours.

À cet instant, on frappa à la porte. C'était le prêtre. Il ôta sa barrette et secoua la neige de son manteau.

— Dieu vous bénisse, mes enfants. Quel sale temps! Il s'est remis à poudrer et les chemins ne sont vraiment pas beaux.

Le fermier prit à part le curé dans un coin de la pièce et lui parla à voix basse. À une ou deux reprises, Pierre vit que le prêtre manifestait sa réprobation et, une fois au moins, il le vit pointer du doigt les plats vides sur la table et chuchoter quelque chose qui fit baisser la tête du brave Thomas.

À la fin, l'homme de Dieu eut un geste d'impatience et, apparemment fâché, vint se poster devant Pierre.

— C'est bien, je vous conduirai aux Trois-Rivières. Mais, je vous préviens, je le fais pour Thomas et pour que vous n'abusiez pas davantage de la générosité de ces gens. Nous partons tout de suite, mon attelage est devant la maison.

Pierre aida Amélie à se lever et lui plaça son propre capot sur les épaules. La jeune fille se laissa faire sans dire un mot, comme s'il lui était devenu naturel de se fier à cet homme auquel son destin était désormais indissolublement lié. Pierre remercia le forgeron et son frère. On échangea becs et poignées de main.

Avant d'embarquer dans la carriole, Pierre jugea qu'il avait droit à des éclaircissements.

— Excusez-moi, monsieur le curé, mais vous avez l'air de réprouver notre conduite. Que se passe-t-il ? Qu'avons-nous fait de mal ?

— Ce que vous avez fait de mal ! explosa le curé. Il y a que vous leur avez mangé tout ce qui leur restait pour le reste de la semaine. Il y a que ces gens n'ont plus rien et qu'ils vont devoir se priver encore un peu plus, parce que, pour eux, manquer à l'hospitalité aurait été le pire des déshonneurs.

Éberlué, Pierre balbutia :

— Je ne comprends pas... Comment en sont-ils arrivés à cet état de misère.

— Ils sont comme tous mes paroissiens. On leur a tout pris. Les soldats en garnison, à une lieue d'ici, ont pillé leurs poulaillers. Les envoyés de l'intendant et les commis du munitionnaire* du roi, l'infâme Cadet, les ont forcés à vendre leur blé à vil prix. Ils ont fait sceller les moulins pour les empêcher de moudre. Ils ont même emporté leurs vaches, sous prétexte qu'il le fallait pour nourrir l'armée. Jusqu'au bois de chauffage qu'on leur a volé. Au printemps, il ne leur restera plus qu'à manger de l'herbe ou les bourgeons des arbres.

Ébranlé, Pierre se défendit maladroitement :

— Je m'excuse. Vous savez, monsieur le curé, j'ai été absent plus d'un an. Je ne pensais pas que la guerre...

— La guerre a bon dos. Ce n'est pas elle qui nous saigne à blanc. Ce sont ces fripons de marchands qui entourent monsieur Bigot et se remplissent les poches. Je ne dis pas ça pour vous, monsieur. Votre père est marchand, n'est-ce pas ? Je le connais de réputation. C'est un honnête homme. Je n'en dirais pas autant de la conduite d'autres familles...

Le prêtre ne termina pas sa phrase. Cependant, au regard qu'il adressa à Amélie, Pierre saisit que cette dernière remarque la concernait. La jeune fille n'entendit pas ou fit semblant de ne pas entendre. Elle se contenta de fouiller dans les plis de sa robe d'où elle tira une petite bourse. Puis, sans rien dire, elle redescendit du traîneau dans lequel on l'avait déjà installée et se dirigea vers la ferme.

Deux des enfants étaient sortis sur le pas de la porte pour assister au départ de l'équipage. Amélie s'approcha de la cadette qui suçait son pouce en se dandinant. Elle lui souleva le bord de sa capine et lui appliqua deux baisers sonores sur les joues en glissant dans sa menotte un écu de six livres.

— Tiens, tu le donneras à ta maman.

— Merci, madame ! chantonna la petite avant de disparaître à l'intérieur dans un joyeux claquement de sabots de bois.

Amélie retourna s'asseoir près de Pierre. Sur son siège, le curé secoua les rênes et la carriole bondit en avant.

La voiture arriva aux portes des Trois-Rivières vers midi. Après avoir franchi les restes noircis de l'ancienne palissade, détruite par le feu cinq ans auparavant, le curé conduisit Pierre et Amélie jusqu'au quartier du Platon où se dressait le « palais » du gouverneur, qui dominait les ruines de ce qui avait été une petite ville avant que l'incendie allumé par un soldat ne l'ait ravagée.

— Je vous laisse ici, mes enfants, dit le vieux pasteur sur un ton radouci. Il y a en ce lieu de la compagnie que je ne tiens pas à rencontrer. Bon voyage.

Pierre s'informa auprès de l'officier de service. L'intendant dînait au manoir de Tonnancour. Il pouvait les y conduire. Pierre déclina l'offre, demandant simplement qu'on lui indique la direction. Puis il tendit le bras à Amélie et la mit en garde contre les trottoirs de bois qui étaient glissants.

La ville, qui ne comptait pas plus de six cents habitants, avait davantage l'apparence d'une morne bourgade que du siège d'un gouvernement dont dépendaient dix-sept paroisses. Ses rues étaient sales ; ses maisons, délabrées. Pierre et Amélie croisèrent quelques soldats éméchés, des charbonniers des Forges[5], noirs comme des diables, et des cultivateurs aux visages fatigués, installés sur des traîneaux grossiers qui glissaient lentement dans une neige sale mêlée de boue et de crottin de cheval.

Quand ils arrivèrent au manoir, une enfant en haillons, nu-pieds dans la neige, se précipita à leur rencontre. Une fois encore, Amélie sortit sa bourse.

Devant l'édifice, une belle maison de pierre, étaient stationnées plusieurs dizaines de carrioles magnifiques. Une armée de domestiques – palefreniers, valets de pied, laquais en livrée, perruquiers, porte-manteaux, garde-vaisselle – y entassaient les bagages de monsieur l'intendant et de ses invités. Caisses de champagne et de vins de Bordeaux, boîtes à violon, malles garde-robes, bûches chaudes et réchauffe-pieds pour ne pas geler en route, le roi en visite n'eût point affiché train plus somptueux.

Par petits groupes, la joyeuse société, dont on entendait les rires et les éclats de voix, commença à sortir. Les hommes en habit de

5 Les forges du Saint-Maurice.

velours et de soie brodée. Les femmes, vêtues d'immenses robes à paniers en damas ou en coton des Indes aux couleurs chatoyantes. Pendant que leurs femmes de chambre leur mettaient sur les épaules mantelets fourrés et capes à larges capuchons, plusieurs dévisagèrent Amélie en se dissimulant derrière leurs éventails et en s'échangeant quelques mots à l'oreille.

Le silence se fit, et la foule s'écarta pour laisser passer un petit homme replet à la face boutonneuse. Celui-ci salua un des gentilshommes qui le suivaient et lui dit avec un fort accent gascon :

— Voyons, monsieur LeMoyne de Longueuil[6], ne me faites pas rire. Vous me trouverez bien les quelques minots de blé qu'il me manque pour nourrir notre armée. Soyez plus ferme. Perquisitionnez, sacrebleu ! Prenez des soldats avec vous et tenez ces vilains en respect, à la pointe des baïonnettes. Vous verrez : ils vous ouvriront leurs greniers, comme par miracle ! Je vous le rappelle bien gentiment, c'est cinq mille quarts de farine dont j'ai besoin et moitié autant de lard.

Le petit homme fit un geste vers l'un de ses domestiques qui lui tendit aussitôt un

6 Paul-Joseph LeMoyne de Longueuil fut gouverneur des Trois-Rivières de 1757 à 1760.

mouchoir parfumé[7] dans lequel il se moucha bruyamment. Puis il tira de son justaucorps chamarré à boutons de diamant une splendide montre de gousset en or qu'il consulta, pendant que deux autres serviteurs le coiffaient d'un casque de peau de martre et lui enfilaient une pelisse de castor.

— Allons, mesdames, et vous, mes amis, il est temps de partir…

C'est à cet instant qu'il aperçut Amélie.

— Mademoiselle de Tilly, quelle surprise! Mais que diable faites-vous ici? Vous vous êtes échappée du couvent de nos braves Ursulines? Vous y êtes toujours pensionnaire, n'est-ce pas?

Après une brève révérence de politesse, Amélie lui raconta en quelques phrases l'accident dont elle avait été victime et les circonstances dans lesquelles elle avait rencontré Pierre.

Prenant une mine navrée, Bigot s'inclina et serra les doigts de la jeune fille tout en l'assurant qu'il se ferait un plaisir de la ramener à Québec. Il en profita également pour lui faire faire le tour de sa petite cour, la présentant à chacun avec les plus grands égards.

7 Bigot souffrait d'ulcères du nez qui dégageaient une odeur nauséabonde.

— Voici Amélie de Tilly, la sœur du chevalier avec lequel je suis en affaires. Je connais aussi très bien sa tante. Madame du Péan, vous lui trouverez bien une petite place dans notre voiture !

Amélie protesta en rappelant qu'elle ne partirait pas sans celui qui s'était porté si généreusement à son secours. L'intendant, qui n'avait pas lâché son bras, revint soudain sur ses pas et se planta devant Pierre en se frappant le front comme s'il venait de se rendre compte d'un oubli fâcheux.

— Mais oui, où avais-je la tête ? Excusez-moi, monsieur. Monsieur comment, déjà ?

— Pierre Philibert, Votre Excellence, le fils de Nicolas Jacquin, dit Philibert, marchand de Québec. Pour vous servir !

Bigot esquissa un sourire hypocrite.

— Philibert ! Oui, oui… J'ai entendu parler de votre père. Un homme d'une honnêteté « scrupuleuse »… Bien sûr, joignez-vous à nous. Vous monterez dans la carriole de queue, avec mon valet César. C'est un nègre. Un garçon charmant, vous verrez. Allez, en route tout le monde. Venez, chère enfant. Et fouette, cocher !

Conscient du caractère injurieux de l'invitation, Pierre blêmit sous le coup, mais jugea préférable de se taire. « Cet homme, c'est le diable en jabot de dentelle et en bas de soie ! »

pensa t-il. Ce qui lui fit aussitôt regretter d'avoir laissé Amélie entre les mains de cette fripouille de haut vol, qui avait la réputation de corrompre tout ce qu'il touchait. Pierre eut d'ailleurs l'impression que sa jeune protégée partageait ses craintes, car, au moment de monter dans la voiture de l'intendant, désemparée, elle le chercha du regard et, quand elle l'eut trouvé, du bout des doigts, elle lui fit un discret signe d'adieu.

Pierre ne la revit pas du reste du voyage.

Le surlendemain[8], le convoi de trente carrioles franchissait à vive allure les remparts de Québec entre une double haie d'honneur, salué par une salve de canons tirée depuis la redoute du cap Diamant.

8 Par le chemin du Roy, le trajet entre Montréal et Québec prenait entre 2 et 3 jours.

III

Québec, hiver 1757-1758

Débarqué sans merci ni bonjour à la porte Saint-Jean pendant que le reste du cortège descendait vers le palais de l'intendance érigé sur les bords de la Petite Rivière[1], Pierre avait décidé de rentrer chez lui à pied en faisant un long détour. Une façon de reprendre contact avec cet univers paisible et si parfaitement ordonné qui avait été le sien avant son départ.

Or, après ces mois d'absence, il éprouvait un sentiment bizarre. Le sentiment d'être un étranger dans sa propre ville. Bien sûr, ses points de repère familiers étaient toujours là. Les mêmes rues, si mal-marchantes, avec leurs pavés d'ardoise qui vous ruinaient le cuir

1 Autre nom de la rivière Saint-Charles.

des souliers en un rien de temps. Les mêmes maisons trapues, avec leurs hautes cheminées, leurs pignons pointus et leurs toits de tôle peinte et de fer-blanc. Et puis, au loin, les mêmes sons rassurants : la cloche de l'église des Récollets, les roulements de tambours et les airs de fifres provenant du château Saint-Louis. Oui, rien en apparence n'était différent et, pourtant, Pierre sentait que plus rien n'était pareil.

En fait, c'était lui qui avait changé. Il y avait le souvenir lancinant des atrocités vécues là-bas, sur les rives du lac Saint-Sacrement. Il y avait surtout cette merveilleuse jeune fille qu'un ironique destin venait de lui dérober alors qu'il prenait tout juste conscience qu'il en était tombé amoureux. Mais il y avait également, dans l'atmosphère morose qui régnait autour de lui, quelque chose qui lui disait que la cité entière partageait d'une certaine manière ses désillusions et sa sourde révolte.

Pourquoi, par exemple n'entendait-on plus chanter ni jouer du violon ? Où étaient passées les blanchisseuses, les couturières et les servantes aux rires effrontés ? Où étaient les ouvriers : les tanneurs, les menuisiers, les cordonniers, les bourreliers, les charpentiers, les maçons, les taillandiers, les ferblantiers dont les échoppes bruissaient du raclement et du martèlement incessants des outils ? Et les grimpereaux*, qui autrefois prenaient un si malin plaisir à vous bombarder de balles de neige du haut des rampes et des escaliers, où se cachaient-ils ? Il fallait se rendre à l'évidence, les rues et les ruelles étaient pratiquement désertes. Jusqu'aux odeurs habituelles d'urine et de viande faisandée qui avaient disparu !

Où donc étaient passés les gens ?

Il n'allait pas tarder à le savoir. En haut de la rue Saint-Jean, il se trouva au beau milieu d'une foule en colère qui assiégeait une boulangerie aux volets clos.

— Du pain ! Du pain ! hurlaient les femmes.

— Boulanger, tu es un brigandeur* ! Combien Bigot et sa bande t'ont-ils payé pour cacher ta farine ?

Tant bien que mal, Pierre se fraya un chemin parmi cette cohue bruyante et gagna la place du marché Notre-Dame. Le parvis de la cathédrale était, lui aussi, plein de monde. Des mendiants. Des familles entières assises dans la neige et enveloppées dans des couvertures trouées. Trop faibles pour tendre la main. C'étaient des réfugiés acadiens, chassés par la guerre ! Quelques-uns imploraient la pitié, chapeau à la main. Les autres criaient leur colère aux soldats qui les repoussaient avec rudesse.

— On nous a volés jusqu'à notre dernier sou ! cria un vieillard. Où sont passées les rations de bœuf promises. Nous n'avons reçu que de la merluche et de la morue séchées. Nos enfants se meurent. Vous n'avez donc pas de cœur !

Pierre fouilla dans sa giberne. Il en retira quelques biscuits à matelots, une couenne de lard rance et un croûton de pain. Aussitôt, une meute avide s'agrippa à lui, et il dut jouer du coude pour se dégager. La rue Buade était toute proche. Il s'y engouffra en courant. Le magasin de son père se trouvait presque en face de l'évêché. Il hâta le pas.

Le calme qui régnait dans la rue le surprit. D'habitude, à cette heure, huit commis s'activaient, aussi bien à l'extérieur qu'à l'intérieur, et l'achalandage était considérable. Il faut dire que chez Nicolas Jacquin, « munitionnaire du roi, responsable des provisions de bouche et de l'approvisionnement des troupes », on trouvait de tout : blé, écheveaux de laine et de lin, bois de construction, poêles et chaudrons des forges du Saint-Maurice, pièces de calicot, rouleaux de tabac.

Il cogna à la porte.

Ce fut une vieille sauvagesse qui lui ouvrit. Une Panis[2]. Elle portait un bonnet de coton

2 Les Panis étaient des Indiens des plaines de l'Ouest, réduits en esclavage. Il s'agissait le plus souvent de Cris, d'Assiniboines et surtout de Pawnee, originaires du Missouri.

et une jupe d'étoffe du pays*, mais elle avait conservé une longue tresse nouée avec des peaux d'anguille et, autour du cou, une abondance de colliers de grains de porcelaine colorés.

— Bonjour, Christine, c'est moi.

La domestique, qui avait bercé Pierre lorsqu'il était bébé, hésita un moment devant ce grand gaillard mal rasé qui venait d'ôter son casque de poil et qui secouait sa tignasse noire en souriant. Puis, tout à coup, elle poussa un cri, fit un signe de croix rapide et le serra entre ses bras à l'étouffer.

— Mon doux Jésus ! Pierre ! Mon Pierre, tu es vivant ! Dieu soit loué. Entre, mon petit. Ne reste pas au froid ! Monsieur, madame ! Venez vite ! Pierre est de retour !

Toute la famille Jacquin était à table. Le temps de desserrer sa ceinture fléchée et d'ôter son capot, Pierre vit se jeter sur lui son père, sa mère et sa sœur Antoinette qui le serrèrent dans leurs bras et le couvrirent de baisers.

— Viens t'asseoir, lui dit son père Nicolas. Tu dois avoir une faim de loup !

Tout le monde parlait en même temps et Pierre s'efforçait de répondre en riant aux mille questions que chacun lui posait.

Oui, il avait tué des Anglais... Non, il n'en avait ressenti aucune fierté... S'il avait été blessé ? Oui, à la cuisse, mais ce n'était pas grave. La guerre allait-elle bientôt se terminer ? Il n'en savait rien. S'il voulait une assiette de bouillon chaud ? Bien sûr. S'il trouvait que Toinette avait grandi ? Assurément. C'était presque une femme et toujours aussi jolie.

Son père lui parlait de ses affaires, des marchands de côte[3] et de la bande à Bigot qui ruinaient son commerce et saignaient la colonie : factures trafiquées, paiements en monnaie de singe, concussion, famine créée volontairement pour enrichir « les grosses perruques ». Il ne décolérait pas contre les Péan, les Bréard, les Varin, les Cadet, plus dangereux que les Anglais et qui vous raviraient l'air que vous respirez s'ils pouvaient le taxer.

— Dix millions de livres dépensées dans l'année ! Tu te rends compte, ajoutait-il. Le Pérou n'a jamais vu circuler autant d'argent. Pourtant, nous sommes sans le sou, toujours à quémander de l'aide à Versailles. Le roi peut bien être tanné d'entendre parler du Canada !

Sa mère, elle, lui disait qu'il avait maigri et lui trouvait dans l'œil un je-ne-sais-quoi de triste. Elle s'inquiétait sans arrêt de son appétit :

---

3 Particuliers qui parcouraient le pays et achetaient le blé au nom du roi pour ensuite le stocker afin de faire monter les prix.

— En as-tu assez, mon grand ? En veux-tu encore ? Christine, sers-le ! Regarde, il n'a plus que la peau sur les os !

Pierre trouvait la viande un peu dure, mais il ne manqua pas de la féliciter :

— Délicieux ! ajouta-t-il, la bouche pleine.

Curieusement, la brave servante, loin d'être flattée, eut un geste agacé.

— Si, si, insista-t-il. Je t'assure, Christine, c'est très bon. C'est quoi, cette viande, madame ma mère ?

Ce fut Antoinette qui répondit en éclatant de rire.

— Du cheval ! Du filet de cheval à la broche avec poivrade et de la langue de cheval en miroton. Demain, tu auras le choix : petit pâté de cheval à l'espagnole, cheval à la mode, escalope de cheval, frigousse de cheval, gâteau de cheval... Meilleur que le bœuf ou l'orignal. C'est notre intendant qui l'a dit.

— Veux-tu bien te taire, petite sotte ! l'interrompit sa mère.

Inutilement d'ailleurs, car la petite effrontée s'amusait trop pour en rester là.

— Depuis les Rois, faute d'autre chose à manger, tout le monde s'est mis au cheval. Même les soldats. Il n'y a que les grenadiers de La Reine qui ont fait la fine bouche, mais le général y a vu. Il a pris le meneur par l'oreille, un caporal nommé Bras-de-Fer, et il lui a dit : « Tu en bouffes ou je te fais pendre. » Le caporal en a redemandé. C'est François-Xavier qui me l'a raconté…

Pierre adorait sa follette de sœur. Âgée de seize ans, elle sortait à peine de l'enfance dont elle avait gardé la vivacité et l'esprit taquin.

Pierre fit semblant de cracher sa bouchée de viande et se leva pour la poursuivre autour de la table. Les yeux pétillants, Toinette se mit à pousser des petits cris et à courir en relevant ses jupes. Pierre finit par la rattraper et la ceintura. Elle se débattit. Il l'interrogea en lui pinçant la taille et en l'embrassant dans le cou.

— C'est qui, hein, ce François-Xavier ?

Toinette rougit.

— C'est l'officier qui loge chez nous ! Il est si beau ! avoua-t-elle en se mordant les lèvres et en s'abandonnant dans les bras de son frère qui la berça doucement.

Toinette, d'un geste gracieux, releva une de ses mèches rousses échappées de son béguin*. Ses seins menus, serrés dans son corselet de coton fleuri, palpitaient au rythme accéléré de sa respiration. Pierre l'embrassa de nouveau sur la joue, puis la libéra. Sa mère avait raison. C'était une femme, maintenant. Une pensée lui effleura l'esprit : elle ressemblait à Amélie de Tilly.

Il fallut plusieurs jours avant que Pierre ne rencontrât l'homme qui avait fait si forte impression sur sa petite sœur. Son père ignorait jusqu'à son nom et ne voulait pas le savoir. Pour lui, les officiers étaient « tous des têtes brûlées ou des débauchés qui traitaient les Canadiens comme de la valetaille » ! Et mère Migeon de la Nativité, la supérieure des Ursulines, avait bien raison de dire qu'ils constituaient le plus beau ramassis des plus mauvais garnements de France. « Si le roi ne les avait pas envoyés ici, ils seraient tous en prison à payer leurs fredaines et leurs folles dépenses. » Restait que celui qu'on lui avait désigné avait un billet de logement signé. On ne pouvait faire autrement que d'obéir à la loi, en lui fournissant un lit garni et la chandelle.

Toinette protesta bien un peu que, elle, elle l'avait croisé sur le palier de sa chambre, qu'il l'avait saluée poliment et qu'elle lui avait fait la révérence et que…

Son père la fit taire d'un regard.

— Il n'est pas différent des autres. On lui a réservé son écuelle et sa place auprès du feu, afin, comme il est écrit, de « vivre en bonne intelligence ». Mais il n'est jamais là. Il part aux aurores et il revient au beau milieu de la nuit. Saoul comme un porc, bien entendu.

Son père avait raison. Dès la nuit suivante, Pierre fut réveillé par des éclats de voix provenant de la rue :

— Tu as triché, mon chien sale ! Les dés étaient pipés ! aboyait une des voix avinées.

— Sacredieu, je ne vais pas me laisser insulter par un reste de gibet comme toi ! répondait l'autre ivrogne. Je vais te mettre les tripes à l'air, espèce de grille-boudin*!

— Cause toujours, grande-braguette, c'est moi qui te trouerai la panse.

Pierre alla jusqu'à la fenêtre et gratta la couche de givre recouvrant la vitre. En bas, dans l'obscurité, deux hommes en uniforme gris et bleu se défiaient, l'épée à la main. Chancelants, les duellistes tentèrent quelques assauts maladroits. L'un d'eux s'affala en jurant dans un banc de neige. L'autre tituba jusqu'à la porte d'entrée du magasin, qu'il déverrouilla à grand-peine.

C'est lui ! songea Pierre en retournant se coucher. Un martèlement de pas lourds dans l'escalier lui confirma qu'il s'agissait bien de l'hôte imposé à son père. Involontairement, Pierre prêta l'oreille aux bruits de la maison : craquements du plancher au-dessus de lui ; grognements sourds ; fracas de meubles renversés ; nouveaux éclats de voix, parmi lesquels il discerna facilement celle de son père, lançant sur un ton indigné :

— Vous êtes un jean-foutre, monsieur et je ne vous souhaite pas bonne nuit !

Le silence enfin.

Pierre ferma les yeux sans pour autant trouver le sommeil. C'était comme si, d'instinct, il avait senti que la présence de cet étranger ne constituait pas seulement une nuisance domestique, mais qu'elle annonçait quelque obscur malheur.

Bien que Christine eût soigneusement bassiné le lit de plume* et garni le lit d'une couette et d'une couverture supplémentaire de poil de chien, Pierre était transi de froid. Il se leva donc pour aller chercher un vêtement chaud à enfiler par-dessus sa chemise de nuit et, comme il tâtonnait dans le noir à la recherche du coffre dans lequel il avait déposé ses effets, il remarqua une faible lumière sous la porte. Il n'y aurait sans doute prêté aucune attention si, dans le même temps, il n'avait entendu des pas dans l'escalier menant à l'étage où logeait l'officier. Les pas feutrés de quelqu'un qui, selon toute vraisemblance, montait sur la pointe des pieds pour éviter de faire craquer les marches.

Intrigué, Pierre colla l'oreille contre la cloison. Un léger froissement de robe. Le grincement à peine perceptible d'une porte qui s'entrouvre. « Une femme, pensa-t-il. Il fait venir des catins chez nous ! Quel sans-gêne ! Père a raison : un vrai jean-foutre ! Tous pareils : des soûlons et des trousseurs de cotillons. »

Pierre regagna sa couche en bâillant. Heureusement, son père n'avait rien entendu. Sa mère non plus, comme en témoignaient leurs ronflements réguliers dans la pièce voisine. Pierre commença à s'assoupir. Dans les murs, de temps à autre, un clou pétait sous l'effet du froid, comme si on tirait un coup de pistolet. Chaque fois, il sursautait sans vraiment se réveiller et, avant de replonger dans son sommeil agité, il lui arrivait de percevoir des bruits diffus qui lui parvenaient comme dans un rêve. Cela provenait de la chambre d'en haut. Tout à coup, les rumeurs se firent plus insistantes, et Pierre ouvrit grands les yeux. Il lui sembla entendre un châlit* qui branlait et des rires étouffés qui se changèrent en halètements. Ces plaintes amoureuses avaient, à ses oreilles, quelque chose d'à la fois troublant et d'étrangement familier, sans qu'il pût dire pourquoi. Un instant, une pensée terrible lui effleura l'esprit. Il la repoussa aussitôt...

Ni le lendemain ni les jours suivants, Pierre n'eut l'occasion de rencontrer l'officier qui, chaque nuit, continuait de recevoir ses visites galantes. Pierre avait d'ailleurs bien autre chose en tête. Il songeait à Amélie et au moyen de la revoir.

Ce fut son père qui lui en fournit la possibilité. Nicolas Philibert avait reçu des Ursulines une commande de tissus : dix aunes* de baptiste et de camelot* de Hollande, autant de serge grossière pour faire des tabliers, une pièce de tiretaine* noire et quelques verges d'étamine* destinées à confectionner des coiffes. Pierre proposa d'effectuer lui-même la livraison au couvent. Ce dont son père le remercia.

Devant la porte du monastère, Pierre sentit son pouls s'accélérer et dut prendre deux ou trois bonnes respirations avant de saisir le heurtoir. Une vieille sœur portière à l'air revêche ouvrit le guichet et le dévisagea d'un œil inquisiteur. Il expliqua les raisons de sa venue. La religieuse lui dit sèchement d'attendre, en lui refermant la porte au nez. Au bout de quelques interminables minutes, il entendit les lourds verrous grincer, et on l'invita à entrer.

Le visage encadré dans sa guimpe* d'une blancheur immaculée, la supérieure, mère Migeon de la Nativité, le reçut dans le parloir.

Elle commença, elle aussi, par le fixer de ce regard inflexible dont savent si bien user ceux qui ont l'habitude de peser les âmes et de sonder les cœurs.

Apparemment, Pierre subit cet examen avec succès, car la supérieure esquissa un léger sourire en l'invitant à s'asseoir. Pendant qu'elle examinait la marchandise, Pierre ne pouvait s'empêcher de tourner la tête dès qu'une silhouette se profilait derrière la grille du cloître ou au détour des couloirs déserts. Geste incontrôlable qui n'échappa pas à mère de la Nativité.

— Vous cherchez quelqu'un ? demanda-t-elle en réajustant ses bésicles sans cesser pour autant de parcourir le mémoire détaillant le prix de chaque rouleau d'étoffe.

Confus de voir son manège déjoué si facilement, Pierre balbutia :

— Excusez-moi, ma mère, j'aurais aimé savoir comment se portait une de vos pensionnaires ?

— Mademoiselle de Tilly, je suppose ? compléta la supérieure sans sourciller.

— Oui.

— Elle se porte bien et elle m'a dit beaucoup de bien de vous. Toutefois, je ne saurais la faire venir céans*. Ce sont les volontés de sa famille. Seul son frère est autorisé à lui rendre visite. Au fait, vous remporterez l'étamine. À cinquante sols, c'est au-delà de nos moyens.

Comprenant qu'il était inutile d'insister, Pierre s'inclina et prit congé.

— Ma mère…

La religieuse, l'ayant deviné une fois encore, le rassura :

— Oui, mon fils, je lui dirai que vous êtes venu.

— Merci, ma mère ! Quant à l'étamine, gardez-la. Mon père vous en fait cadeau.

IV

Québec, Noël 1757

On n'était plus qu'à quelques jours de Noël. Malgré les rigueurs de l'hiver et la pénurie de vivres qui affamait les plus pauvres, la bonne ville de Québec avait retrouvé un certain air de fête. Dans la bonne société, d'ailleurs, on aurait dit que les privations endurées par le petit peuple, loin d'inciter à la modération, ne faisaient qu'éveiller une véritable frénésie de plaisir, comme si chacun voulait oublier l'imminence du désastre qui menaçait la colonie. On ne parlait que d'invitations au château Saint-Louis et, surtout, de bals au palais de l'intendant qui, pour le jour de l'An, devait réunir les quatre-vingts plus jolies femmes de la ville.

Même monsieur de Montcalm, si prompt d'habitude à juger sévèrement les notables et les fonctionnaires du pays, semblait avoir succombé à cet hédonisme aveugle. Depuis qu'il avait emménagé rue des Remparts, ne le voyait-on pas traîner sa grosse bedaine du salon de madame de Beaubassin à celui de sa cousine, madame de La Naudière, réputée la plus belle créature de la Haute-Ville ? Ne disait-on pas que quelques caresses, quelques baisers sur sa face poupine avaient suffi pour lui arracher toutes les concessions qu'on attendait de lui ? L'interdiction touchant la danse, les soupers et les jeux de hasard serait levée de l'Avent aux Rois. Les officiers de la garnison, en grand uniforme, participeraient aussi aux réjouissances, pour le plus grand plaisir de ces dames. Il y aurait des violons. On ne ménagerait pas la chandelle et on pourrait, comme l'année précédente, flamber aux cartes mille louis* par soir, autant que si on était à la table du roi.

Aussi dans toutes les grandes familles et chez tous les riches bourgeois, partout, il n'était question que de robes volantes ou à la française, de bouillonnés* de satin, d'échelles de rubans et autres ornements de pièces d'estomac*. Partout, sauf chez les Philibert.

Le père Nicolas, pour sa part, trouvait cet étalage de luxe proprement indécent et s'emportait chaque fois qu'on lui en parlait :

— De vrais messieurs Jourdain*! Ça sent encore le poisson ou ça a encore le dos enfariné, et ça joue les grands seigneurs !

Marie-Anne, son épouse, préférait se taire, la tête penchée sur ses travaux d'aiguille.

Pierre écoutait distraitement. Sa sœur Toinette, au contraire, se passionnait pour ces frivolités. Sans jamais sortir de la maison, elle était au courant de tout. Un matin, presque à l'aube, elle fit irruption dans la cuisine, où tout le monde déjeunait.

— Ma parole, tu es tombée du lit ! s'exclama Pierre en avalant le bout de pain qu'il venait de tremper dans un verre d'eau-de-vie.

Étonnée, sa mère déposa également la petite tasse de café au lait qu'elle venait de se préparer. Comme d'habitude Antoinette paressait en restant couchée jusqu'à midi, elle s'inquiéta :

— Tu n'es pas malade, au moins ? Tu es bien pâle…

Toinette rougit, comme prise en faute, mais se ressaisit très vite pour annoncer en battant des mains la grande nouvelle :

— Je suis invitée au bal de l'intendant ! Un bal masqué !

— Et qui vous a lancé cette invitation sans avoir la plus élémentaire politesse de m'en parler, mademoiselle la jeune évaporée ? l'interrogea son père sur un ton de reproche.

— Moi ! répondit une voix dans l'escalier menant aux chambres.

Pierre et ses parents se retournèrent vivement.

L'auteur de cette réplique théâtrale se tenait devant eux, une main sur la garde de son épée. C'était cet officier des Compagnies Franches de la Marine, ce François-Xavier qu'ils hébergeaient depuis des mois sans que jamais personne ne lui eût parlé, à l'exception de Toinette.

L'homme les salua en soulevant son feutre à trois pointes. Nicolas Philibert fit un geste de la main comme s'il voulait chasser un insecte importun.

— Monsieur, il n'en est pas question. Ma fille n'ira pas à ce bal, ni avec vous ni avec un autre. Ce n'est encore qu'une enfant. En outre, par ces temps de misère, ce genre de divertissement est, à mes yeux, un vrai scandale. Et je ne suis pas sûr que ce soit également votre place, jeune homme !

Piqué au vif, l'officier fit un pas en avant et se retrouva éclairé par la lumière blafarde de la petite fenêtre percée au-dessus de l'évier de pierre de la cuisine.

Pierre pâlit. Ce faux visage d'ange sous une élégante perruque à bourse… Ce sourire qui, tout à coup, s'était changé en une moue dédaigneuse… Ce regard mauvais… Aucun doute possible : c'était le chevalier de Repentigny !

Pierre se leva brusquement, prêt à révéler ce qu'il savait de la vraie nature de celui sous qui il avait servi à fort William-Henry. Mais, connaissant l'homme, il se dit que c'était aussi stupide que de vouloir saisir un loup par les oreilles. De Repentigny, lui, ne l'ayant pas reconnu, il valait mieux être sur ses gardes et surveiller l'animal pour l'empêcher de nuire… Évidemment, c'est à Toinette qu'il pensait. Toinette, inconsciente du danger qu'elle courait. Toinette, si impulsive. Toinette, au tempérament si entêté, si malicieusement capricieuse, qu'il fallait absolument la protéger contre elle-même.

La suite des événements ne fit d'ailleurs que le confirmer dans ses appréhensions.

En effet, devant le refus de son père, Toinette avait déjà entrepris auprès de ce dernier, son habituelle scène de séduction qui se soldait généralement par la mise en déroute de l'autorité paternelle.

— Mais, mon petit papa, je vais bientôt avoir seize ans. N'est-ce point vous qui m'avez conté que grand-mère Mathurine n'en avait que douze quand elle a épousé grand-papa Isidore? Vous disiez aussi qu'elle avait déjà eu plein de cavaliers et qu'elle aimait tellement danser que le curé, chaque dimanche, la pointait du doigt. Je veux aller à ce bal. J'en mourrais si je n'y vais pas. Maman n'aura qu'à m'accompagner...

— Ta mère ne sort jamais l'hiver.

— Alors, Pierre le fera. Hein, Pierre, tu veux bien?

Pierre, pendant tout ce temps, n'avait pas cessé d'observer le chevalier. Celui-ci paraissait beaucoup s'amuser au spectacle de cette querelle domestique dont il attendait l'issue, le poing sur la hanche.

« Cet individu n'a que mépris pour nous, pensa Pierre. Il est bien comme tous ces Français de la colonie qui essaient de tromper leur ennui. Faire tuer des sodats ou détruire la réputation d'une honnête famille, pour lui, c'était du pareil au même. Une simple distraction pour aristocrate blasé. En ce moment, il joue avec nous comme un chat, et la souris, c'est Toinette. »

— C'est bon, j'irai avec toi! concéda Pierre en prenant un air détaché.

Aussitôt, Antoinette lui sauta au cou.

Son père soupira, vaincu.

Pendant que sa sœur le couvrait de baisers, Pierre croisa une nouvelle fois le regard de François-Xavier de Repentigny.

Sans baisser les yeux, le chevalier esquissa un sourire narquois.

— Oui, venez ! Vous êtes le bienvenu !

Aux abords du palais de l'intendant, depuis des heures, carrosses, calèches et cabrouets* déversaient un flot ininterrompu d'invités sur la vaste esplanade enneigée, s'étendant de la prison au magasin du roi. Partout, de la porte du palais aux jardins et aux batteries de canons donnant sur la rivière Saint-Charles, c'était la même cohue joyeuse et brillante. Militaires, magistrats, administrateurs, marchands, personnel de l'évêché, tout ce que la colonie comptait de notables était là. Les hommes vêtus de vastes capes noires, un loup sur le visage. Les femmes en dominos, cachées derrière des masques de velours décorés de plumes de paon ou de faisan.

Pierre, Antoinette et le chevalier arrivèrent parmi les derniers. Le palais entier était illuminé par les milliers de bougies garnissant les lustres de cristal et les chandeliers de fer forgé recouverts de feuilles d'or. Débauche de lumière à laquelle répondait un fabuleux concert de musique de clavecin, de violes et et de harpes, le tout ponctué de rires et d'éclats de voix.

Tout émerveillait Toinette qui ne lâchait pas le bras du chevalier. Pierre suivait, mécontent d'avoir accepté ce rôle ridicule de chaperon. Mal à l'aise aussi de se retrouver à la fois témoin et complice des folles dépenses de l'intendant et de sa bande.

— Viens danser ! l'invita Toinette, tout excitée.

— Non, va, amuse-toi.

Une fois de plus, Toinette se haussa sur la pointe des pieds pour embrasser son frère, avant de courir s'aligner aux côtés des autres danseuses qui, déjà, révérences rendues, étaient prêtes pour le menuet et, la main gauche dans celle de leur cavalier, attendaient l'attaque des violons.

Dès les premiers coups d'archet, Toinette disparut, emportée par le mouvement léger et gracieux de la danse. Pierre la chercha un moment des yeux au milieu de ce tourbillon de brocart et de soie à fleurs. Puis, résigné, il s'assit à l'écart.

On lui offrit un verre de champagne, servi dans une coupe d'argent. Il refusa.

Tout à coup, une jeune femme s'installa dans la bergère* voisine de la sienne et lui toucha la main du bout des doigts. Il sursauta. La belle inconnue portait, pour tout déguisement, un simple touret de nez* et regardait droit devant elle, comme si elle craignait que quelqu'un ne surprenne le geste familier qu'elle venait de se permettre.

— Amélie ? chuchota Pierre, incrédule.

Elle acquiesça, en conservant la même attitude rigide.

— De quoi avez-vous peur ? demanda Pierre en s'emparant de sa main qu'elle lui abandonna en nouant ses doigts fins aux siens.

— Mon frère n'aime pas que je parle aux hommes. Il m'a fait sortir du couvent parce qu'il veut me présenter à l'un de ses amis. La mère supérieure lui a parlé de votre visite. Il était furieux.

Pierre se pencha sur elle et lui baisa le revers de la main.

Elle frissonna et tenta de se libérer.

— Vous êtes fou !

Ils restèrent ainsi de longues minutes sans parler. Le jeune homme murmura :

— Amélie, je vous aime.

Elle sembla ne pas réagir. Seule sa poitrine se souleva à un rythme un peu plus rapide. Elle ôta alors son masque et tourna la tête vers lui pour le fixer droit dans les yeux. Ses lèvres bougèrent à peine pour avouer à son tour :

— Moi aussi, je vous aime.

Puis, comme effrayée de sa propre audace, elle se leva brusquement pour se fondre dans la foule.

Un instant, Pierre crut qu'il avait rêvé. Il était si bouleversé qu'il resta là, hébété, se répétant à voix basse : « Elle m'aime. Je suis le plus heureux des hommes ! », avant de reprendre ses esprits et de se demander, par un retournement d'idée bien dans son caractère : « Pourquoi s'est-elle sauvée si précipitamment ? Et qui est ce frère qu'elle semble tant redouter ? A-t-elle peur qu'il désapprouve son choix ? »

Par association, cette dernière pensée lui rappela soudain la raison pour laquelle il était venu à ce bal. Précisément parce qu'il craignait, lui aussi, que sa sœur s'entiche de ce maudit officier qui avait pris pension chez eux.

Mais où était donc passée Toinette ? Il se leva et essaya de la repérer parmi les danseurs. Elle n'y était pas.

Il fit le tour des appartements. Des petits groupes s'étaient formés dans les salons, au gré de leurs intérêts. Officiers entourant le canapé de quelques coquettes, vieilles douairières jouant de l'éventail, matrones détaillant et jaugeant chaque invité, hommes d'affaires aux allures de conspirateurs.

Il ne la trouva pas. Il interrogea les domestiques en livrée qui assuraient le service. Ils s'excusèrent de leur ignorance ou se débarrassèrent de lui en l'égarant un peu plus dans le dédale des innombrables pièces de l'intendance. C'est ainsi qu'il se retrouva, sans trop savoir comment, dans une partie beaucoup plus privée du palais. De part et d'autre d'un long corridor, orné au fond d'un grand portrait de madame de Pompadour, s'ouvraient des chambres aux fines boiseries sculptées. À la lumière des girandoles* déposées sur les consoles de bois précieux, Pierre s'avança jusqu'à un petit cabinet d'où provenaient des éclats de voix. Soudain, une porte s'ouvrit et une femme à demi nue fit irruption dans le couloir. Confus, Pierre s'excusa. La femme lui lança une œillade provocatrice et éclata de rire avant de s'éclipser à l'appel de ses amis.

Pierre continua ses recherches et il était sur le point d'abandonner quand, du fond d'un boudoir retiré, lui parvint l'écho de sanglots étouffés. Il entra sans faire de bruit. L'endroit était à peine éclairé par un feu presque éteint. Pierre s'avança. Derrière l'écran de cheminée, allongée sur un sofa de damas cramoisi, se trouvait effectivement une femme en pleurs.

— Toinette, c'est toi?

Les larmes redoublèrent.

C'était bien Toinette, échevelée, la robe froissée.

Pierre l'aida à se relever. Elle chancela et réajusta les dentelles de son décolleté tout en cherchant l'un de ses escarpins.

— Qui t'a mise dans un état pareil? interrogea Pierre, la voix blanche de colère.

Toinette fit un signe négatif de la tête.

Pierre reprit sa question sur un ton à la fois doux et ferme:

— Qui t'a amenée ici? Est-ce le chevalier?

Appuyée sur l'épaule de son frère, Toinette se remit à sangloter de plus belle, incapable d'articuler deux mots.

— C'est lui. Je suis sûr que c'est lui! murmura Pierre, les dents serrées.

— Non! Non! protesta Toinette avant de perdre connaissance.

Pierre souleva sa sœur dans ses bras et traversa ainsi plusieurs appartements avant de trouver un domestique qui l'escorta jusqu'à une des sorties du palais. Là, il appela la voiture qu'il avait louée pour venir et y installa Toinette, en ordonnant au cocher de la ramener immédiatement rue Buade. Puis, quand il eut l'assurance que Toinette était bien partie, il regagna le palais et, d'un pas décidé, se dirigea vers la salle de bal. Il était presque minuit et plus personne ne dansait.

Une immense table avait été dressée pour le repas, mais les convives attendaient que le maître de céans quitte sa table de jeu et donne le signal de s'installer. Certains bâillaient ; d'autres s'impatientaient, guettant les majordomes et les serveurs qui restaient impassibles comme des statues.

Or, cela faisait maintenant plus de trois heures que cela durait. Depuis que monsieur l'intendant François Bigot, après avoir tenté sa chance aux dés, à la bassette et au pharaon, s'était attablé dans le salon voisin pour une interminable partie de lansquenet*. Une vingtaine de personnes au moins assiégeaient sa table où neuf joueurs, parmi les plus enragés, venaient de miser plus de cent louis chacun sur la carte que l'intendant venait de leur distribuer. Bigot, resplendissant dans son costume de nabab, s'attribua une carte et la découvrit.

— Roi de cœur ! annonça-t-il en empilant dessus une pile de pièces d'or.

Puis il se cala dans son fauteuil et commença à retourner une à une les cartes du paquet qu'il avait devant lui. Il prenait tout son temps, s'ingéniant à retarder exprès le jeu pour réajuster son turban garni d'un gros diamant, puiser une pincée de tabac dans sa tabatière ou glisser un compliment à l'oreille de sa maîtresse, la belle Angélique des Méloizes*.

Enfin, l'intendant, d'un coup de poignet, jeta sur la table une dernière carte.

— Roi de cœur ! Sacredieu ! j'ai perdu ! pesta-t-il. Descheneaux, vous paierez ces messieurs sur ma cassette personnelle. Combien y ai-je laissé, ce soir ?

Le secrétaire tira un papier de sa poche qu'il tendit à son patron après y avoir griffonné le résultat de ses calculs.

— Peste ! s'écria l'intendant. Quinze cents louis ! Deux cent mille francs depuis le début des Fêtes ! Basta, c'est assez pour ce soir. Au fait, n'oubliez pas les cinq cents écus que je dois aux dés à notre ami, monsieur de Repentigny. Allons, quelle heure est-il ? Minuit trente ! Seigneur Dieu, il est à peu près temps de se mettre à table.

L'assistance se hâta de rire avec complaisance pendant que le seigneur des lieux s'extrayait péniblement de son fauteuil à oreillettes.

Pierre, qui se trouvait à quelques pas, tessaillit en entendant le nom du chevalier. Aussitôt, il fendit la foule qui commençait à se disperser et se posta devant la table où de Repentigny, le sourire aux lèvres, était occupé à empocher la pile de pièces d'argent qu'il venait de gagner. Le chevalier ne broncha pas, bien que Pierre fût persuadé que le misérable avait remarqué sa présence et savait pourquoi il était là. Pierre pouvait même anticiper comment le chevalier allait réagir. La pupille légèrement dilatée, la mâchoire serrée, le geste lent, cet air de concentration qui durcissait tous les traits, c'était cette expression qu'ont les tueurs avant qu'ils ne vous plantent leur laguiole* dans le ventre. Cette expression mauvaise, il l'avait déjà vue sous les murs du fort William-Henry. C'était celle de la bête qui s'éveille dans l'homme.

À cette pensée, Pierre sentit monter en lui une irrépressible colère. Cet homme immonde au sourire insolent serait donc toujours là sur sa route à lui gâcher l'existence ! Se pouvait-il que sa sœur, à son tour, ait pu tomber entre les griffes de ce monstre ? Il savait déjà la réponse, et c'est précisément ce sentiment d'impuissance qui nourrissait sa haine grandissante pour le chevalier. Haine qui se manifesta de manière foudroyante par un geste de défi insensé. Pierre, d'un revers de la main, balaya tous les écus et les pistoles qui se trouvaient encore devant l'officier. Celui-ci, interloqué, regarda la table vide et les pièces qui roulaient sur le plancher. Livide, il bondit en renversant sa chaise, prêt à dégainer son épée. Puis, se ravisant aussitôt, il laissa tomber avec dédain :

— Monsieur, si vous étiez gentilhomme, je vous en demanderais raison…

Pierre ne se possédait plus. Il saisit le chevalier par le cou et le serra à l'étouffer.

— Et moi, je vous dis, monsieur, que si vous touchez à ma sœur, je vous tue !

Très fort, Pierre avait une poigne de fer et le chevalier avait beau essayer de desserrer l'étreinte, il n'y parvenait pas. Deux lieutenants de la Marine, accourus à son aide, réussirent de peine et de misère à le libérer, sans toutefois être capables de maîtriser Pierre, si bien qu'il fallut appeler en renfort une paire de solides laquais pour l'immobiliser.

Tout en ne cessant de lutter au milieu de la foule qui s'écartait sur son passage, Pierre fut entraîné de force vers la sortie.

Au même moment, l'intendant fit son entrée dans la salle de banquet. Il s'informa auprès de son secrétaire :

— Qui est ce forcené ?

— Le fils d'un marchand de Québec, Pierre Philibert, lui répondit l'employé zélé.

— Et quel était le motif de la querelle ?

— Histoire de femme sans doute. Vous connaissez le chevalier…

Bigot éclata de rire.

— Oui, un sacré chaud lapin. On ne compte plus les paires de cornes qu'il a fait pousser au front des maris[1].

---

1 « Faire pousser des cornes » est une façon imagée de dire « faire cocu ».

L'intendant s'interrompit un instant pour humer l'assiette de potage fumant qu'on venait de lui servir. Puis il fit signe à son secrétaire de suivre Pierre.

— Flanquez-moi cet importun de Philibert à la porte et chauffez-lui les côtes s'il le faut. Ce Philibert, il est bien né ici, n'est-ce pas ? Ces gens des colonies sont d'un ennuyeux ! Ça sent encore le fumier de vache de leurs paysans d'ancêtres et ça se pique de défendre leur honneur comme si ça avait huit quartiers de noblesse.

Pierre, toujours escorté par un quarteron de domestiques, avait cessé de se débattre. On l'avait même relâché, se contentant de l'accompagner jusque dans le vaste hall d'entrée. On lui tendit sa cape et son chapeau. Il sortit.

Dehors, il neigeait à plein ciel et l'air froid le ravigota. Il allait descendre les degrés de l'escalier d'honneur quand il eut l'impression que quelqu'un le suivait. Il se retourna.

Amélie était là, debout sur le seuil, effarée, comme si ce qui venait de se passer représentait pour elle la pire tragédie du monde.

Lorsque Pierre rentra chez lui, tout le monde apparemment était couché. Lui, qui ne buvait que très rarement, ouvrit le buffet de la cuisine et prit une bouteille de ratafia* qu'il monta dans sa chambre. Il en but plusieurs rasades directement au goulot, en remâchant sans arrêt les événements qu'il venait de vivre. Avait-il agi intelligemment en provoquant ainsi le chevalier ? Le cerveau quelque peu engourdi par l'alcool, il s'étendit dans sa cabane*.

Dans la chambre, de l'autre côté de la cloison, il entendit sa sœur qui se lamentait. À un moment donné, il lui sembla distinguer une autre voix : celle de sa mère. Les deux femmes discutaient en évitant de hausser le ton, comme si elles craignaient que quelqu'un ne surprenne ce qu'elles avaient à se confier mutuellement. Parfois, des bouts de phrases lui parvenaient plus distinctement : *Mon Dieu ! Quel malheur !... Quand ton père l'apprendra, il en mourra... Il te chassera... Non, il t'aime trop... Comment as-tu pu faire une bêtise pareille ?... Tu l'aimes ! La belle affaire... Tu crois qu'il t'épousera ! Pauvre sotte ! Et Pierre, tu as pensé à Pierre ? Orgueilleux comme il est, il ne le supportera pas non plus...*

En d'autres circonstances, Pierre aurait vite démêlé l'écheveau de cette conversation et deviné facilement de quoi il était question et dans quel état exact se trouvait sa jeune sœur. Pour lors, il en déduisit seulement que Toinette ne voulait pas renoncer à ses amourettes et il se consola en se disant qu'après une ou deux expériences malheureuses, comme celle qu'elle venait de vivre au bal, elle finirait bien pour découvrir la vraie nature de ce de Repentigny.

Il somnola encore un moment. Puis il s'endormit en rêvant à Amélie. Un rêve où revenait l'image de sa bien-aimée, l'air effaré, au sommet des marches du palais de l'intendance. Il se réveilla plusieurs fois en sursaut. Il était en sueur, malgré le froid. Il se leva pour attiser le poêle. Sa mère était toujours à côté. Toinette et elle parlaient maintenant si bas qu'il était presque impossible de suivre les paroles qu'elles se chuchotaient. Pierre devina néanmoins que Marie-Anne, sa mère, évoquait la possibilité de demander l'aide de Christine qui «*comme toutes les sauvagesses connaissait les herbes pour ça…*» Toinette pleurait.

Pendant trois jours, on ne revit pas le chevalier. Toinette non plus, qui ne quitta pas sa chambre.

Pierre en profita pour aider son père à remettre un peu d'ordre dans ses affaires. Le bourgeois Philibert avait en effet la réputation d'oublier souvent de se faire payer et les malhonnêtes abusaient de lui. C'était le cas justement de François-Xavier, qui lui devait plusieurs mois de pension. Pierre rappela à son père qu'il n'avait aucune raison de faire de cadeau à ce triste sire. Les soldats du roi ne recevaient-ils pas des rations de deux livres de pain par jour, quinze pots de vin et dix livres de lard par mois ?

Nicolas Philibert approuva, mais Pierre se rendit compte que, à la seule mention du nom de Repentigny, son père s'empourprait au point de redouter qu'il ne fasse une crise d'apoplexie. Était-il au courant de ce qui s'était passé au palais ? Pierre en vint à la conclusion que oui. Peut-être même que son père en savait plus que lui sur les relations entre sa sœur et le chevalier.

Cependant, Nicolas Philibert était d'abord et avant tout un marchand, pour qui les affaires avaient préséance sur les ennuis familiaux. Il décida donc d'envoyer son fils au magasin du roi pour y réclamer les trois mois qui lui étaient dus, soit trois cents livres payables en argent ou en nature. Le garde-magasin lui en versa la moitié en billets de caisse et en monnaie de cartes, et le reste sous la forme d'un lot de drap bleu de l'armée et d'une caissette remplie de flacons d'eau de senteur dont son père n'avait nul besoin.

— Vous plaisantez ! s'indigna Nicolas. C'est du vol pur et simple !

— Ce n'est pas ma faute, s'excusa l'employé en haussant les épaules et en expliquant qu'on n'attendait pas les bateaux de France avant cinq mois. D'ici là, on avait juste de quoi payer les soldes et nourrir les soldats qui, déjà, commençaient à piller les campagnes.

Pierre eut beau faire remarquer au garde-magasin que les entassements de tonneaux et les piles de sacs de farine qu'il apercevait là-bas, au fond de l'entrepôt, lui semblaient bien hauts pour une si petite armée, il n'obtint rien de plus, sinon un avertissement lourd de menace. Quelques jours auparavant, monsieur Daine, lieutenant de police, avait menacé de faire pendre une douzaine de femmes venues manifester sous ses fenêtres en réclamant du pain et en traitant les commis de Sa Majesté de pourris et de fripons.

Pierre n'insista pas. Il ramassa à contrecœur le papier-monnaie et chargea les marchandises sur sa traîne.

Sur le chemin du retour, Pierre croisa de nouveau des groupes de réfugiés acadiens. Quelques-uns étaient morts gelés, enroulés dans des couvertures trouées et pétrifés, là, adossés aux murs ou couchés sur les trottoirs de bois. Il rencontra aussi plusieurs militaires du régiment de La Reine, chassés des cabarets. Ils étaient horriblement saouls. Un cruchon de boisson à la main, les deux soldats se plaignaient de la qualité de l'eau-de-vie qu'ils ingurgitaient à longues rasades.

— Moi, je te dis qu'ils la coupent avec de l'eau salée, disait le moins ivre.

— Et moi, mon vieux, je suis sûr qu'ils pissent dedans, éructait l'autre.

Pierre les perdit de vue au détour d'une ruelle, mais, dans presque chaque rue, c'était le même désordre navrant. Des ivrognes en uniforme qui s'amusaient à remplir d'ordures les serrures, à barrer les rues en déplaçant des voitures ou à briser des vitres en lançant des boules de neige. Certains titubaient, un porcelet braillard sous le bras ou une poule volée à la main. D'autres chantaient à tue-tête des obscénités. À plusieurs reprises, d'ailleurs, Pierre dut repousser les assauts de ces bandes de soudards avinés avant de rejoindre enfin son quartier.

À quelques centaines de pieds du magasin de la rue Buade, il découvrit un spectacle qui lui glaça le sang.

Son père, Nicolas, était au milieu de la rue, nez à nez avec le chevalier François-

Xavier Le Gardeur de Repentigny qui le dominait d'une bonne tête.

— Vous n'êtes qu'un misérable! hurlait le marchand. Vous avez déshonoré ma fille!

Le chevalier ne semblait pas du tout impressionné par ces invectives. Bien campé sur ses deux jambes, toujours aussi arrogant, il écoutait le vieillard. Puis, tout à coup, las de l'entendre, il le bouscula violemment en grommelant:

— Je viens chercher mon bagage. Arrêtez de me casser les oreilles avec votre fille. À ce que je sache, je ne l'ai pas violée. Au contraire, elle en redemandait, votre enfant chérie. Allons, écartez-vous, faquin!

Sous l'insulte, le marchand fut pris de tremblements. Il brandit sa canne à pommeau et en asséna un grand coup sur le front de l'officier.

Celui-ci vacilla, se ressaisit et, en un éclair, dégaina son épée qu'il plongea dans la poitrine de Nicolas Philibert.

Pierre poussa un cri terrible.

— Père!

Le vieil homme porta la main à son cœur, les yeux étonnés et la bouche grande ouverte, puis il bascula lentement en avant. D'un geste vif, le chevalier retira son arme et sa victime s'effondra, face contre terre.

Tout s'était passé si vite que Pierre ne réalisa pas immédiatement l'ampleur du drame qui venait de se jouer. Il se précipita au secours de son père et, comme celui-ci était encore agité de mouvements convulsifs, il crut qu'il n'était que blessé.

— Appelez un médecin, supplia-t-il en s'adressant à un crocheteur* qui passait par là et qui, après un bref coup d'œil au cadavre, continua son chemin sans un mot. Un récollet, le frère Daniel, s'agenouilla aux côtés de Pierre et récita une courte prière d'absolution qu'il termina par un signe de croix. Quand il se releva, sa robe grise était tachée de sang.

Pierre, toujours incrédule, secoua le corps.

— Père ! Père, m'entendez-vous ?

Profitant de la confusion, le chevalier avait pris la fuite. En quelques enjambées, il avait tourné au coin de la rue et débouché sur la place du marché où il s'était arrêté un instant. Le temps de tirer un mouchoir de ses basques et d'essuyer la fine lame de son épée.

Pierre fut d'abord tenté de courir après l'assassin, mais comment aurait-il pu abandonner ainsi son père au milieu de la rue ? Avec cette flaque de sang qui s'élargissait sur le pavé. Avec tous ces curieux, voisins et passants, qui se massaient toujours plus nombreux sur la scène du drame. Avec sa mère qui venait de surgir dans la rue et qui sanglotait en répétant, la main devant sa bouche : « Mon Dieu ! Mon Dieu ! Ce n'est pas possible ! » Avec Toinette, enfin. Toinette qui s'était, elle aussi, précipitée dehors. Toinette à genoux qui avait enlacé le cadavre et refusait d'en être séparée, hurlant à la ronde : « C'est ma faute ! C'est moi qui l'ai tué ! »

Plus de trois mois s'écoulèrent. Après un bref service à l'église paroissiale, le corps du malheureux Nicolas Jacquin, dit Philibert, natif de Martigny, province de Lorraine, avait été enfermé dans le charnier* du cimetière jouxtant l'Hôtel-Dieu, en attendant que la terre dégèle suffisamment pour l'enterrer.

Au début de mars, vu la grosseur de son ventre, Toinette fut incapable de cacher davantage qu'elle était enceinte. Pierre apprit alors que son père était au courant de cette grossesse depuis la Noël. Cette nouvelle suscita chez lui une vive réaction. Il fit reproche à sa mère de ne pas l'avoir mis dans la confidence. S'il avait su plus tôt, la vie de son père aurait pu être épargnée, car il se serait chargé personnellement de laver l'honneur de la famille.

Sa mère éclata en sanglots. Il s'excusa. Elle n'y était pour rien, et il promit de ne pas chercher à se venger. La justice s'en chargerait.

La semaine suivante, Toinette fut prise de douleurs abdominales. Elle se leva du fauteuil où elle passait son temps à broder des bonnettes d'enfant. Sous sa robe de chambre, sa chemise était maculée de sang à la hauteur du bas-ventre.

— Maman, je saigne ! s'affola-t-elle.

En remontant ses vêtements, elle s'aperçut que de longs filets rouges s'écoulaient le long de ses cuisses. Marie-Anne et Pierre l'aidèrent à se coucher. On appela la sage-femme. Celle-ci tira les draps et retira d'entre les jambes écartées de Toinette un amas de chair sanguinolente qu'elle déposa dans un petit coffret de bois blanc, en soupirant :

— Encore un innocent qui devra attendre pour qu'on lui ouvre les portes du Paradis.

Toinette se tourna vers le mur et, après ce jour, ne versa plus une larme. Quant à Marie-Anne, dans ses habits noirs de veuve, elle parut accepter ce nouveau coup du destin avec courage, vaquant à ses occupations ménagères, tenant les comptes et recevant les clients au magasin. Jusqu'au jour où Pierre la découvrit dans l'arrière-boutique, son chapelet à la main, le regard perdu, les jambes paralysées comme une marionnette dont on aurait coupé les fils.

Son père tué, sa sœur cloîtrée dans son chagrin, sa mère à demi folle, Pierre crut qu'il allait également perdre la raison. Il réagit en déployant une activité fébrile. Pendant des jours et des jours, il courut la ville à la recherche de témoins du meurtre, en quête d'un notaire qui accepterait de faire office de procureur, trouvant deux chirurgiens qui acceptèrent de pratiquer une autopsie sur la dépouille de son père. Quand, enfin, il eut rassemblé toutes les pièces incriminantes, il demanda audience au lieutenant général de la prévôté, monsieur François Daine.

Le policier, qui était en train de choisir une de ses perruques pour sortir, le reçut, assis dans son antichambre. De fort méchante humeur, il invita Pierre à prendre un siège et devança ses questions en lui lançant sur un ton agacé :

— Que venez-vous encore m'importuner ? La justice suit son cours. Vous voulez savoir où en est mon enquête ? Eh bien, monsieur de Repentigny est toujours introuvable. Pour moi, il est déjà loin. Monsieur Philibert, soyez raisonnable. Acceptez les huit mille livres que vous offrent la sœur et la grand-tante du chevalier pour oublier ce « malencontreux accident ». Vous n'ignorez pas que les de Repentigny sont des gens puissants. Monsieur l'intendant et monseigneur l'évêque mangent dans le creux de leur main…

Le policier avait prononcé ces dernières phrases sur un ton qui se voulait plus conciliant. Il s'interrompit pour attendre la réaction de son visiteur.

Sans un mot, Pierre déposa sur le bureau du fonctionnaire la liasse de documents et de requêtes exigés légalement pour obtenir un procès en bonne et due forme.

Déçu, monsieur Daine soupira :

— Je vous aurai prévenu. Tant votre obstination est grande qu'à la fin cette affaire ruinera votre famille et vous détruira vous-même.

V

Québec, printemps 1758

Malgré les ordres du gouverneur, soixante-treize jours après le meurtre de Nicolas Philibert, le chevalier François-Xavier Le Gardeur de Repentigny n'avait toujours pas été arrêté. Si bien qu'en ce début de printemps, les rumeurs allaient bon train dans la Haute-Ville. Voilà donc comment fonctionnait la justice du roi ! Une domestique volait un mouchoir ou une poule et on vous la marquait au fer rouge d'une fleur de lys ou on lui passait la corde au cou, le jour même. Par contre, un Français à particule tuait un honnête marchand et, avec la complicité des autorités, il pouvait courir le pays sans être inquiété.

Chacun, d'ailleurs, avait à ce sujet sa théorie. Pour les uns, l'assassin était caché chez l'intendant Bigot où il riait de son exploit en bonne compagnie. Pour les autres, il avait fui à Montréal et, de là, avait gagné un fort aux frontières. Certains prétendaient même qu'il était passé chez les Anglais.

L'affaire prenait donc de l'ampleur. Comme l'hiver et la disette avaient déjà considérablement accru le mécontentement de la population, afin de calmer les esprits, le procureur général de Québec, Charles Turpin, accepta de présenter une requête au juge de la prévôté et au procureur du roi. Il y aurait procès et si, d'ici le 20 mars, le lieutenant général, civil et criminel au siège de la juridiction royale de Québec, n'était pas parvenu à appréhender le sieur de Repentigny, on procéderait *in abstentia* et au jour dit.

Vint la date fixée.

En entrant dans la salle d'audience au bras de sa mère – Toinette ayant refusé de les accompagner –, Pierre fut suffoqué par la chaleur et l'odeur de sueur qui empestait les lieux. Le local exigu, à peine éclairé par des soupiraux fermés par de solides barreaux, faisait partie de la prison attenante à l'intendance. Il était chauffé par un gros poêle de fonte et contenait juste assez de bancs pour asseoir une vingtaine de personnes. Deux soldats se tenaient en faction à l'entrée. Pierre aida sa mère à s'installer pendant qu'entrait un groupe d'officiers bruyants qui prirent possession de l'autre côté du prétoire, en échangeant force bourrades et rires sonores. Devant eux, sur le premier banc, aux côtés d'une vieille femme guindée vêtue à l'ancienne mode, une jeune fille voilée attira aussitôt le regard de Pierre. Pendant toute l'heure qu'on attendit les juges, celle-ci resta parfaitement immobile et, par sa seule présence, elle imposa bientôt le silence aux militaires qui étaient près d'elle. Pierre, qui ne la voyait que de dos, était troublé par cette inconnue. Front baissé, elle lui faisait penser à une de ces statues éplorées dont on orne les tombeaux des jeunes mortes. Qui était-elle ? Et surtout, pourquoi se trouvait-elle là ? Avait-elle un lien de parenté quelconque avec le meurtrier ?

Soudain, la porte de côté s'ouvrit en grinçant. Le greffier, qui depuis de longues minutes taillait méticuleusement sa plume d'oie, se leva comme mû par un ressort et claironna :

— Mesdames et messieurs : la Cour ! Veuillez vous lever !

Trois hommes à la mine sévère s'alignèrent derrière la table de chêne occupant le fond de la pièce. Ils ôtèrent leur bonnet carré et réajustèrent leur robe noire avant de se laisser tomber dans les fauteuils à hauts dossiers qui leur étaient réservés.

Pierre reconnut monsieur Daine et apprit au fil des échanges qui suivirent que les autres magistrats étaient Boucault de Godefis, juge-prévôt de la seigneurie de Beaupré, Charles Turpin de la prévôté de Québec, qui jouaient le rôle d'assesseur et de procureur du roi. À maître Barolet, notaire, revenait le rôle de greffier. Tous Canadiens pure laine, à l'exception de monsieur Daine, lequel tint immédiatement à lire une lettre, signée de monsieur de Lusignan, commandant du fort Saint-Frédéric, qui donnait des nouvelles de l'accusé.

Monsieur le lieutenant général,

J'ai l'honneur de vous informer que l'homme que vous recherchez est actuellement sous mes ordres depuis plus d'un mois. Le chevalier de Repentigny est arrivé en raquettes, épuisé et à demi mort de froid. Ce, à mon grand étonnement, car à cette saison, seuls les Indiens et les coureurs de bois osent s'aventurer dans la contrée sauvage où nous sommes établis. Je suis un ami de la tante du chevalier, que j'ai accueilli avec d'autant plus de générosité que j'ai déjà sous mes ordre un autre de Repentigny, Michel, frère du fugitif dont vous me parlez et soldat émérite. J'ajoute que le chevalier m'a tout raconté et, qu'en tant que gentilhomme, j'approuve sa conduite et aurais agi de même si j'eus été agressé comme lui à coups de canne par un bourgeois enragé.

De toute manière, monsieur de Repentigny s'est joint à la garnison et il m'est devenu indispensable, car, je vous le rappelle, le service du roi passe avant tout. À cet effet, je tiens d'ailleurs à vous préciser que les deux frères ont bien servi Sa Majesté, ayant mené au cours de l'hiver, à la tête de vingt-cinq Français et de cent sauvages, une expédition à quarante lieues du fort, sur la côte de Cortague, d'où ils ont ramené treize prisonniers après avoir brûlé plusieurs villages ennemis. En conséquence, non seulement je n'ai pas l'intention de livrer le chevalier, mais encore ai-je l'intention d'appuyer la demande de pardon que ce malheureux officier compte envoyer à Versailles par le premier bateau.

Avec tous mes respects, je demeure, Monsieur le lieutenant général, votre dévoué serviteur.

Quand il eut terminé, on s'interrogea longuement et avec force mots latins pour savoir si le document était recevable.

Ignorant tout des rouages de l'appareil judiciaire, Pierre eut rapidement du mal à suivre le cours des débats. Il ne parvenait pas à détacher les yeux de la jeune fille en noir du premier rang qui, elle, semblait écouter chaque témoignage d'un air accablé.

Tour à tour, on entendit ensuite les dépositions des chirurgiens Antoine Briault et Gervais Beaufoin, qui certifièrent que maître Nicolas était bien décédé des suites d'un coup d'épée dans la panse, comme le prouvait indubitablement l'autopsie pratiquée sur le susdit Nicolas Philibert.

— Le foie a éclaté, précisa le premier expert.

— Et le sang s'est mêlé à la matière fécale échappée des intestins perforés...

— Nous vous remercions ! les interrompit le procureur avec une grimace de dégoût.

Défilèrent ensuite différents témoins. Le fils Bouchard, le tonnelier Desmeules, Pierre Voyer, Joseph Delorme, ferblantier. Tous accusèrent le chevalier d'avoir assassiné Nicolas Philibert de sang-froid, sans que sa propre vie fut vraiment en danger. Tous, sauf un certain Dumont qui avoua qu'il n'aimait guère le marchand de la rue Buade, lequel avait un tempérament emporté. Même que maître Nicolas lui avait tué son chien à coups de canne, sous prétexte qu'il pissait chaque matin sur la devanture de son magasin...

Le juge fit signe au témoin de se rasseoir et invita le procureur de la défense à continuer l'interrogatoire des autres témoins.

Celui-ci se plaça donc, comme c'était la coutume, derrière les fauteuils sur lesquels siégeaient les magistrats. Puis, du geste, il invita la jeune fille au voile noir à se lever et à s'avancer.

— Et vous, mademoiselle de Tilly, n'avez-vous rien à dire pour la défense de votre frère ?

Pierre sursauta et saisit le bras du greffier qui écrivait sur une petite table, tout près de lui.

— Quel nom a-t-il dit ?

Le greffier protesta :

— Voyons, lâchez-moi ! Vous me faites mal. Regardez, vous m'avez fait faire un pâté. De plus, je n'ai pas entendu la réponse du témoin.

— Vous la connaissez ? reprit Pierre au comble de l'effarement.

Le fonctionnaire le dévisagea et le désespoir de Pierre lui parut si sincère qu'il consentit à fournir quelques explications.

— Elle, non. Mais sa tante, oui. Madame de Tilly est une fameuse plaideuse. Quand son frère a été abattu à la baie des Puants d'un coup de fusil tiré par un Indien sakis, c'est elle qui a pris soin de ses enfants.

— Vous voulez dire qu'Amélie...

La gorge nouée, Pierre ne put aller jusqu'au bout de sa phrase et ce fut le greffier qui la compléta tout en faisant de nouveau courir sa plume sur le papier.

— … qu'Amélie de Tilly a pris le nom de sa tante et qu'elle est la sœur de l'accusé.

Anéanti, Pierre s'effondra, la tête dans ses mains.

— Ce n'est pas possible! Mon Dieu, dites-moi que ce n'est pas vrai!

— Vous n'êtes pas bien? s'enquit le greffier.

— Oui, que se passe-t-il? s'inquiéta à son tour Marie-Anne.

Pierre se redressa.

— Ce n'est rien. Un léger étourdissement… Sans doute la chaleur ou le manque d'air.

Pendant ce temps, le procureur avait poursuivi son interrogatoire. Il réitéra sa question à Amélie sous une autre forme.

— Pensez-vous que votre frère ait pu commettre un acte aussi odieux sans bonne raison?

Amélie leva son voile et jeta un coup d'œil rapide par-dessus son épaule. Son regard croisa celui de Pierre et, à l'instant même, ils surent tous deux qu'un fossé vertigineux venait de se creuser entre eux.

Pierre la vit chanceler et fut tenté de se précipiter pour la prendre dans ses bras. Mais Amélie se reprit et répondit au procureur d'une voix à peine audible:

— Ce ne peut être qu'un accident… Mon frère n'est pas un assassin.

— Parlez plus fort, mademoiselle, l'interrompit le juge.

Ce fut la tante d'Amélie qui prit la parole à sa place :

— Pardonnez-moi, mais mon neveu est un soldat, monsieur le juge. Comme mon frère Jean-Baptiste-René de Repentigny, commandant du fort Michillimakinac, mort au service de Sa Majesté. Il a perdu sa mère tout jeune et je l'ai élevé, ainsi que sa sœur, comme mon propre enfant. Il est entré dans l'armée à quinze ans. C'est un garçon très fier. Trop impétueux, peut-être. On l'a insulté. Il a lavé son honneur dans le sang. N'est-ce pas ce que doit faire tout gentilhomme ?

Le procureur la pria de se rasseoir. La vieille dame refusa. Le juge menaça de la faire expulser. Elle s'emporta :

— Ce procès est ridicule ! Oubliez-vous que ce pays est en guerre. Oubliez-vous que mon neveu, en ce moment même, se bat pour vous ! Pour sauver vos misérables vies. Si vous le condamnez, je ferai appel au Conseil souverain et, s'il le faut, c'est au roi que je m'adresserai…

Saisie par une quinte de toux, madame de Tilly dut s'interrompre pour reprendre son souffle, pendant qu'Amélie essayait de la calmer. Vain effort, la vieille dame ne décolérait pas. La face congestionnée et la respiration courte, c'était toute la rancœur de sa classe sociale qui éclatait à travers elle. C'était la noblesse française à son déclin, étalant son mépris pour la bourgeoisie montante et la roture* enrichie qui, dans les colonies plus qu'ailleurs, piétinaient les droits et privilèges anciens de l'aristocratie.

Nul doute que cette attitude hautaine influença le cours du procès, mais certainement pas dans le sens qu'espérait madame de Tilly.

Se sentant offensés dans leur dignité, les magistrats devinrent au contraire plus pointilleux quant à la procédure, avec pour effet d'ôter aux deux parties le droit de s'exprimer librement.

Madame de Tilly en conçut une fureur accrue et dit à Amélie :

— Venez, ma fille, nous n'avons plus rien à faire ici.

Navrée, Amélie obéit et aida sa tante à se lever. Pierre la suivit du regard. Quand elle passa près de lui en remontant l'allée entre les deux rangées de chaises, il eut l'impression de voir sortir un fantôme.

Quelques minutes plus tard, après une longue discussion avec les deux autres juges, le lieutenant général prononça la sentence, dans le jargon habituel de la justice :

— « Déclarons ledit Repentigny coupable. Le déclarons dûment atteint et convaicu d'avoir homicidé ledit Philibert. Pour réparation de quoi le condamnons, attendu sa qualité de gentilhomme, à avoir la tête tranchée sur un échafaud qui sera pour cet effet dressé, ce jour même, en la place publique de la Basse-Ville de Québec. Le condamnons, en outre, à huit mil livres de réparations, dommages et intérêts envers Marie-Anne Guérin, veuve dudit Philibert, et aux dépens du procès, soit cinq cents livres qui seront prélevées à même le surplus des biens confisqués du condamné. Cette dernière sentence sera exécutée par effigie en un tableau qui sera attaché à un poteau par l'exécuteur de la haute-justice, sur la place publique[1]. »

Puis, lecture faite, il disparut par la porte latérale, suivi de ses acolytes, laissant le soin aux soldats d'évacuer la salle.

Incertaine du jugement rendu, Marie-Anne se renseigna auprès de son fils :

— Cela veut-il dire qu'ils vont lui couper le cou ?

---

1 Texte authentique de la condamnation.

— Pas tout à fait, mère... Ils l'ont condamné. Cependant il se peut qu'ils ne l'attrapent jamais et qu'il échappe toute sa vie à la justice.

Incrédule, Marie-Anne secoua la tête.

— Mais, Pierre, ils ont dit qu'ils allaient dresser l'échafaud. Je ne comprends pas. Qui va être exécuté si l'assassin de ton père court toujours ?

Pierre préféra ne pas répondre.

— Venez, mère. Vous devez être très fatiguée.

⚓

L'exécution eut effectivement lieu l'après-midi même, comme prévu. Le temps que maître Sainfront, bourreau officiel de la Nouvelle-France, puisse revêtir son habit rouge cramoisi et envoie ses aides assembler, à l'ombre de l'église Notre-Dame-des-Victoires, une haute estrade solidement chevillée sur laquelle il monta lui-même son billot et sa lourde hache. Le temps aussi que la nouvelle se propage dans tout Québec et attire sur la place Notre-Dame une foule excitée de soldats, de domestiques en sabots avec le panier sous le bras, d'artisans vêtus de leur tablier de cuir, d'habitants avec leur pipe de plâtre à la bouche et de mères de famille avec leur marmaille accrochée à leur jupon de coton rayé. Et tout ce monde jasait, criait, riait, en attendant le spectacle annoncé qui leur ferait oublier pour un moment la faim et la misère.

Enfin apparut le cortège tant attendu. À pas lents, un tambour battant sa caisse ouvrait la marche, suivi, à cheval, du prévôt en grand uniforme de velours bleu brodé de fleurs de lys et d'ancres, son bâton de commandement à la main. Puis, encadrant la charrette du *condamné*, une douzaine d'archers de la maréchaussée et de la Marine, le fusil sur l'épaule.

— Le voilà ! Le voilà ! hurla un gamin, juché sur les épaules de son père.

Ayant déjà assisté à ce genre d'exécution, Pierre avait tout fait pour en épargner la vue à sa mère. Mais Marie-Anne n'avait rien voulu entendre. Depuis la mort de son mari, elle n'était plus la même. Incapable de manger, incapable de verser une larme, incapable de s'habiller sans l'aide de Christine, elle ne vivait plus qu'en s'accrochant à une seule pensée : venger son époux. Comme si son chagrin, au lieu de s'épancher, s'était cristallisé sous forme d'une haine inexpiable pour ce chevalier de Repentigny, ce qui – Pierre le craignait – finirait par lui faire perdre complètement la raison.

C'est donc à contrecœur qu'il avait accompagné sa mère jusqu'au pied de l'échafaud et avait pris place dans la tribune réservée aux notables et aux membres de la famille de la victime.

— Le vois-tu ? s'enquit Marie-Anne, qui n'avait pas une très bonne vue.

La charrette du condamné venait en effet de s'arrêter et le bourreau venait d'y saisir son « client » à pleins bras, en l'occurrence un mannequin de toile bourré de paille et de son, qu'il entreprit aussitôt de monter en haut de l'échelle donnant accès à l'échafaud. L'exécuteur présenta alors la grosse poupée de chiffon à la foule et la secoua si fort qu'elle se vida en partie par l'entrejambe.

— Regardez, il pisse de peur ! s'esclaffa un joyeux drille.

Toute l'assistance éclata de rire, et certaines commères poussèrent l'audace jusqu'à bombarder de boules de neige le bourreau et son ridicule épouvantail.

— Le vois-tu ? s'informa de nouveau Marie-Anne. Pourquoi les gens rient-ils ? Pierre, que se passe-t-il ?

Dans la loge des officiels de la prévôté, on commença à froncer les sourcils et, avant que la cérémonie ne dégénère en émeute, on fit signe à Sainfront d'en finir au plus vite. Le bourrel* avait hâte, lui aussi, d'en terminer avec cette mascarade grotesque. Il souleva le mannequin, le coucha, la tête sur le billot, et souleva sa lourde hache… Mais, au lieu de l'abattre, il retint son élan et jeta autour de lui des regards éperdus comme s'il était incapable d'achever la besogne.

— Tu attends quoi, imbécile ! lui cria un des juges.

Le bourreau bégaya :

— D'ha… d'habitude, c'est le condamné qui me donne le signal en écartant les bras. Alors, je faisions quoi ?

Le juge, à la grande joie de la foule, vociféra :

— Bougre d'andouille, tu ne vois pas que c'est une catin de chiffon. Si tu attends qu'elle te fasse signe, on est encore là à Pâques !

Humilié, le bourreau abattit son outil de toutes ses forces et, sous les applaudissements des spectateurs, la tête du mannequin roula en se vidant de son contenu.

C'était terminé. Il y eut encore un peu de bousculade et de criaillerie. Puis, aiguillonnée par les soldats, la populace commença à évacuer les lieux pendant que le greffier Barolet clouait sur la porte de l'église un écriteau sur lequel on pouvait lire : *Le jugement a été exécuté ledit jour 20 mars de l'an de grâce 1758.*

Bientôt, la place du marché fut presque vide. Le bourreau et ses aides commencèrent à démonter l'échafaud.

Avec douceur, Pierre invita sa mère à regagner la voiture qui les avait amenés. Le regard vide, Marie-Anne ne bougea pas. Pierre voulut la faire se lever. Elle se dégagea avec violence.

— Ce n'est pas fini ! Je ne sais pas à quoi rimait cette farce, mais il va bientôt venir et on va lui couper la tête.

Pierre tenta de lui expliquer que c'était de cette façon que la justice procédait quand on condamnait à mort par contumace et qu'on exécutait quelqu'un en effigie. Elle ne voulut rien entendre.

— Il va venir ! répétait-elle. Dis au bourreau de patienter. Dis-lui d'attendre encore un peu...

Dans les jours qui suivirent, Marie-Anne Philibert s'alita pour ne plus se relever. Elle avait sombré dans la folie. Christine eut beau fumiger la chambre pour en chasser les mauvais esprits, les médecins eurent beau la purger et la saigner à pleines cuvettes, la pauvre femme s'affaiblissait de jour en jour. Elle réclamait Toinette, mais cette dernière, rongeant son propre chagrin, refusait toujours de quitter sa chambre.

Au bout d'une semaine, Pierre réussit tout de même à la convaincre de venir au chevet de sa mère. Quand elle vit dans quel état elle était, la jeune fille se jeta sur le lit en pleurant.

— Maman ! Pourquoi le bon Dieu nous accable-t-il ainsi de tant de malheurs ? Quel crime avons-nous commis ?

Marie-Anne, fiévreuse et amaigrie, avait retrouvé une certaine lucidité. Elle serra sa fille dans ses bras et lui dit, en lui prenant le visage entre ses mains :

— Dieu n'y est pour rien, Toinette. La cause de toutes nos souffrances a un nom. C'est le diable en personne qui est entré dans nos vies pour se jouer de nous. Tout est la faute de ce maudit officier français.

Toinette, en larmes, s'arracha du lit en reniflant à la manière des enfants qui en ont gros sur le cœur.

— Ne dites pas ça, maman ! Je vous en supplie.

Marie-Anne Guérin, veuve de Nicolas Philibert, mourut le 19 mai. Il pleuvait ce jour-là, comme presque tous les jours depuis l'arrivée du printemps.

Marie-Anne avait reçu l'extrême-onction la veille et, dans son délire, une seule bribe de phrase revenait comme une litanie : « Comme des chiens ! », sans que Pierre puisse savoir à qui elle faisait réellement allusion. Au petit matin, elle eut un bref instant de lucidité et saisit la main de son fils.

— Jure-moi que tu le retrouveras et que tu le tueras !

En d'autres circonstances, Pierre eût sans doute trouvé étrange qu'une femme comme sa mère, bonne catholique, mère de famille attentive et commerçante besogneuse, puisse avoir une telle pensée à l'heure de sa mort. Mais, au fond de lui, il comprenait cette haine inplacable. Mieux : il la partageait. Cet homme, ce débauché, fils déchu d'une noble race qui tuait par désœuvrement ou parce qu'il se croyait au-dessus des lois, n'était-il pas l'incarnation du mal ? Il avait détruit sa famille, éloigné de lui celle qu'il aimait. Combien de gens allait-il encore faire souffrir ? Combien de crimes allait-il encore commettre avant que quelqu'un lui fasse payer le prix du sang et des larmes ? Fallait-il nécessairement être gentilhomme et porter l'épée pour se sentir bafoué dans son honneur et exiger réparation ? Oui, il comprenait sa mère et, juste avant qu'elle ne ferme les paupières pour toujours, il se pencha sur elle pour lui murmurer :

— Je te le jure, maman, je le tuerai. Dussé-je le poursuivre jusqu'au bout du monde pour le débusquer.

Marie-Anne Philibert esquissa un sourire. Sa tête glissa de côté sur l'oreiller. Elle était morte.

Presque au même moment, toutes les cloches de la ville de Québec se mirent à sonner à la volée et, sur le fleuve, à la hauteur de l'île d'Orléans éclata une violente canonnade à laquelle répondirent en chœur les pièces de la batterie Royale.

Laissant sa mère aux mains de Christine et de Toinette, Pierre sortit précipitamment. Des enfants étaient montés sur les toits pour voir ce qui se passait. Il héla un gamin, à cheval sur une cheminée :

— Qu'y a-t-il ?

— Ce sont les bateaux du roi qui arrivent ! Neuf vaisseaux escortés par une frégate ! On dit qu'ils apportent du blé. Nous sommes sauvés !

La joie exubérante suscitée par l'apparition du convoi de secours ne fit pas long feu. À peine les sept mille cinq cents quarts de farine débarqués des cales et transportés à terre sur les gabares*, le pain vint de nouveau à manquer et la ration quotidienne, qui était remontée à quatre onces par jour, retomba à deux.

Des émeutes éclatèrent dans la Basse-Ville. Les rumeurs amplifièrent la fureur populaire. Comme à l'accoutumée, la plus grande part de la farine avait dû être détournée par Bigot et sa bande, sous prétexte qu'ils en auraient eu besoin pour nourrir les soldats du roi au cours de la prochaine campagne. Mais chacun savait ce qu'ils en faisaient de la farine, ces affameurs du peuple. Ils la revendaient à prix d'or. Plus de vingt sols* la livre !

Depuis la mort de sa mère, Pierre se tenait loin de toute cette agitation. Une fois le corps de son père extrait du charnier, une fois trouvés, faute de bon bois, deux méchants cercueils en planches de pin, il avait veillé à ce que ses parents soient enterrés côte à côte et aient un service décent. Tout s'était bien passé, à l'exception d'un incident survenu au cimetière, où Antoinette, au bord de la crise de nerfs, s'était écriée au moment de la descente du cercueil de sa mère dans la terre encore à demi gelée :

— Mon Dieu, elle qui était si frileuse, elle va avoir si froid !

Ensuite, il avait fallu régler les affaires de succession. Pierre héritait du magasin et

Toinette de la somme considérable de vingt-cinq mille livres pour lui servir de dot, à la condition qu'elle entre comme pensionnaire chez les Ursulines jusqu'à ses dix-huit ans.

Contre toute attente, Toinette accepta cette condition sans regimber, alléguant que la vie dans cette maison lui était devenue odieuse. Pierre put ainsi régler rapidement la succession. Il renvoya les commis et gratifia Christine d'un généreux pécule après lui avoir trouvé un emploi de servante chez le curé de Québec, l'abbé Jean-Félix Récher. Quand tout fut terminé, le jeune homme ferma le magasin de la rue Buade et le fit barricader.

C'était comme s'il avait voulu rompre toute attache pour être libre d'accomplir ce qui lui restait à faire. Comme si, pour accéder à une vie nouvelle, il devait d'abord raser entièrement les ruines de son passé. Certes, il pensait très souvent à Amélie, mais le souvenir de ses brèves rencontres avec elle lui semblait parfois si lointain qu'il se demandait parfois s'il n'avait pas rêvé tous ces moments enchanteurs. Pire encore, son amour naissant pour elle n'était-il pas un autre tour sinistre que lui jouait le destin ?

D'ailleurs, où était Amélie de Tilly ? Elle n'était plus au couvent. Ça, il l'avait appris en confiant sa sœur Toinette aux soins de la révérende mère de la Nativité.

Amélie ! Amélie ! Il avait beau se répéter qu'il fallait aussi renoncer à cet amour insensé, s'il voulait remplir sa mission vengeresse, il n'y parvenait pas. Et loin de l'affliger, cette constatation lui apportait un peu de réconfort dans la terrible désolation qui était la sienne.

VI

Fort Carillon, été 1758

Durant le mois qui précéda la grande campagne de 1758, Pierre Philibert ne resta pas inactif. Reclus dans sa chambre mansardée au-dessus du magasin, il recevait régulièrement des visiteurs bizarres qui intriguaient les voisins.

Il y eut d'abord un tailleur de pierre à qui il passa commande d'une plaque sculptée, destinée apparemment à orner la tombe de ses parents. Puis se présenta un armurier qui lui livra une épée d'officier, deux pistolets d'arçon et un fusil de la manufacture de Saint-Étienne.

Tout ce qui touchait l'art de la guerre semblait maintenant le passionner. Il lisait beaucoup. Surtout des manuels militaires. Il consultait des cartes. Il fréquentait également une salle d'armes près des barraques de l'artillerie où un ancien capitaine lui apprenait les rudiments de l'escrime. Parfois, il disparaissait et, au bout de plusieurs jours, on le voyait réapparaître, le visage tuméfié comme s'il s'était battu, ou bien les épaules chargées de la carcasse ensanglantée d'un cerf qu'il était allé chasser on ne sait où.

En fait, ce que Pierre avait entrepris à l'insu de son entourage, c'était de tuer en lui ce qui restait du fils de marchand épris jadis de calme bourgeois. Ce qu'il voulait maintenant, c'était s'endurcir, apprendre à penser et à agir comme son ennemi.

À la mi-juin, lorsque le gouverneur de Vaudreuil fit placarder sur les murs de la ville que tous les hommes capables de porter un fusil devaient se joindre à l'armée régulière pour repousser l'Anglais, Pierre était donc prêt à partir. Ses balles fondues, sa corne à poudre remplie, et une couverture roulée en guise de havresac.

Québec était en pleine effervescence. Chaque jour, des troupes sortaient par les portes. Le bataillon de La Reine était déjà en route pour fort Carillon et cinq mille hommes devaient renforcer les défenses à la frontière du lac Champlain pour faire face aux troupes du général Abercromby qui disposait, dit-on, de dix bataillons de soldats réguliers, cinq compagnies de rôdeurs des bois et plus de douze mille miliciens de la Nouvelle-Angleterre.

Mais, pour Pierre Philibert, la guerre ne se jouait pas à une si vaste échelle. Pour lui, il ne s'agissait plus de sauver une nouvelle fois la colonie, ni de retarder sa chute d'une autre année. Il s'agissait simplement de retrouver le chevalier. Fort Carillon n'était pas très éloigné de fort Saint-Frédéric. L'occasion se présenterait peut-être…

Tout était devenu simple et se résumait au mot « vengeance », qui dorénavant s'imposait à lui comme une nécessité abolissant le reste. « Se venger », par contre, ne voulait pas dire « assassiner ». Tuer le chevalier était un acte de justice. Une manière de rappeler au monde que ses parents n'étaient pas morts pour rien. Peut-être aussi témoigner que son obscur combat était celui de la plupart des Canadiens nés, comme lui, en terre d'Amérique, celui d'une race obstinée et fière. Assez forte pour endurer la honte et la misère. Assez rancunière pour ne pas oublier et attendre longuement l'heure de sa vengeance.

C'était sans doute la raison pour laquelle, il avait passé commande, avant de partir, de cette sculpture en bas-relief qu'il avait décidé de faire installer au-dessus de la devanture du magasin de son père, bien à la vue des passants.

Le maçon venait justement d'achever l'ouvrage et invita Pierre à venir juger de l'effet. Dans la rue, quelques curieux s'étaient déjà arrêtés pour admirer l'œuvre. Celle-ci, installée sur la corniche du premier étage et encadrée par une double volute de pierre, représentait un chien couché, un os entre les pattes. En dessous, un quatrain était gravé :

Je suis un chien qui ronge l'os ;
En le rongeant, je prends mon repos.
Un temps viendra qui n'est pas venu
Que je mordrai qui m'aura mordu.

Fort Carillon n'arrêterait jamais les Anglais. Il n'y avait pas besoin d'être grand stratège pour s'en apercevoir. C'est la réflexion que Pierre se fit en débarquant le 4 juillet d'un des canots d'écorce qui l'avait amené en compagnie de deux cent cinquante miliciens envoyés en renfort.

Des murs à demi écroulés, pas d'artillerie, construit sur un plateau rocheux qui s'avançait dans le lac Champlain, le fort n'était tout simplement pas défendable. À un contre cinq, face aux Anglais, c'était carrément de la folie.

Pierre ne se faisait pas d'illusion sur l'issue de cette expédition, mais il s'en moquait, car il avait d'autres préoccupations. Il guettait l'arrivée de chaque nouvel officier et se tenait au courant des mouvements de troupes.

C'était la pagaille totale. Des éclaireurs étaient revenus de la montagne Pelée, à l'ouest du lac, et ils avaient aperçu la flotte ennemie sur la rivière de la Chute. Ils avaient compté près de neuf cents canots et un grand nombre de radeaux transportant des canons. Des escarmouches avaient éclaté un peu partout, ajoutant à la confusion.

Pierre lui-même ne tarda pas à se retrouver en mauvaise posture. Il avait patrouillé une bonne partie de l'après-midi. La colonne dont il faisait partie retraitait vers le fort quand un des officiers qui la commandaient, monsieur de Trépézec, entendit des branches craquer. Il cria :

— Qui vive !

Dans les fourrés, une voix répondit avec un léger accent :

— Français !

Ruse inutile. D'un seul coup, la forêt s'embrasa d'éclairs et les fusils crépitèrent. Quand rententit enfin l'ordre de cesser le feu, cent quatre-vingt-sept cadavres jonchaient le sol. Parmi eux, monsieur de Trépézec, et chez les Anglais, coup de chance inouï, la poitrine traversée d'une balle, un officier de haut rang, lord Howe en personne.

De retour au camp, une surprise attendait Pierre. Quatre cents soldats de la Marine et un petit contingent de miliciens venaient d'accoster. Parmi les hommes au visage fatigué qui défilaient devant lui, se détacha soudain un gaillard barbu, en veste de daim frangé, une hachette et un couteau de chasse enfilés dans sa ceinture fléchée. C'était Samuel Vadeboncœur, qu'il n'avait pas revu depuis sa convalescence à Montréal.

— Salut, gamin! s'écria le coureur des bois.

Pierre l'invita à s'asseoir devant le feu de bivouac qu'il partageait avec les six autres hommes de son plat[1]. Il lui tailla une large tranche de pain et lui versa une louche de soupe au pois. Vadeboncœur sortit sa cuillère d'étain et avala le liquide brûlant en faisant claquer sa langue de plaisir.

---

1 Dans l'armée, groupe de sept hommes disposant d'une marmite.

— Quoi de neuf ? lui demanda Pierre en lui tendant son sac à tabac.

Le voyageur alluma sa pipe et tira plusieurs longues bouffées avant de répondre. Il avait passé l'hiver dans le bois avec une bande de sauvages. Des maraudeurs abénakis, prêts à se joindre à n'importe quel coup de main en territoire anglais pourvu qu'il y ait quelque chose à piller. Ils avaient incendié German Flats et avaient traqué pendant plusieurs semaines un détachement de *rangers** américains qui s'étaient aventurés en reconnaissance aux abords du fort Saint-Frédéric.

Tout en écoutant son ami, Pierre avait commencé à astiquer son fusil. Il sursauta.

— Tu as été à Saint-Frédéric ?

Vadeboncœur cracha dans le feu.

— Oui, mon gars, et je te jure que si tu as le choix entre mettre les pieds dans ce poste maudit ou aller chez le diable, va plutôt frapper à la porte des enfers. Tous des ivrognes ou des fous furieux, là-bas. Surtout depuis qu'un officier est arrivé de Québec. De Repentigny, tu dois t'en rappeler ? Mauvais comme une teigne. Surtout quand il a bu. Une fois qu'il jouait aux cartes, je l'ai vu faire exploser la tête d'un gars d'un coup de pistolet, juste parce que l'autre avait en main une carte de trop. Mais, au fait, pourquoi tu t'intéresses à Saint-Frédéric, tu cherches quelqu'un ?

— Non, personne, dit Pierre tout en continuant de nettoyer son fusil.

Dans une armée tout se sait et les mauvaises nouvelles courent plus vite qu'un feu de poudre. Si bien que chacun fut bientôt au courant de la situation difficile dans laquelle le corps expéditionnaire se trouvait. À peine une semaine de vivres. Pas un sauvage pour harceler l'ennemi. Pas de nouvelles des troupes promises en appui par Vaudreuil. Le fort tiendrait au mieux deux jours.

Sur les bords du lac, la touffeur était insupportable. Pas un souffle. Dans les sous-bois, c'était pire encore. Les moustiques, les brûlots et les mouches à chevreuil étaient si nombreux que les soldats, en particulier les jeunes recrues, avaient le visage en sang et passaient leur temps à écraser les insectes qui leur envahissaient la bouche, les narines et les oreilles.

Enfin, un ordre fut donné, relayé par un sergent aboyeur :

— Allez, bandes de fainéants ! Prenez ces haches. Montez sur les hauteurs et coupez-moi tous ces arbres sur la pente jusqu'à la crête. Il paraît que c'est là-haut que ça va se passer.

Sans grand enthousiasme, par petits groupes, les hommes de troupe et les miliciens prirent les cognées et montèrent au sommet de la colline où ils commencèrent à abattre les érables et les épinettes, à haler les troncs et à les entasser à l'aide de leviers. Bientôt, la forêt entière retentit de coups de hache.

À l'instar de ses compagnons, trempé de sueur, les mains couvertes d'ampoules, Pierre se démena ainsi toute la journée, Puis, le soir venu, il alla se jeter dans le lac pour se rafaîchir.

C'est seulement en revenant au camp qu'il put contempler l'ouvrage accompli. Les flancs de la colline étaient devenus un inextricable empilement de troncs. Quant au retranchement, à première vue, il semblait imprenable. Une enceinte de presque huit pieds de haut, avec des angles rentrants et sortants, faite d'arbres superposés dont les branches extérieures avaient été épointées pour former une forêt de pieux acérés.

Fourbu, Pierre vint s'allonger près de Samuel Vadeboncœur qui, les yeux ouverts, semblait fixer les étoiles.

— Tu dors?

— Non. Je priais le bon Dieu.

— Et tu lui demandais quoi?

— Que celui qui commande en face soit encore plus idiot que celui qui nous a fait construire ces stupides remparts.

— Je ne comprends pas.

— Eh bien, mon gars, que les Anglais aient l'idée d'installer un seul canon sur le mont du Serpent à sonnette qui est juste là en face et on est foutus...

Il était dix heures du matin quand apparurent les premiers uniformes rouges des Anglais et bleus des Américains.

Depuis bientôt quatre heures, Pierre était là, au milieu des trois mille combattants embusqués sur la colline, le fusil pointé à travers les vides laissés entre les troncs empilés qui fournissaient des meurtrières naturelles. Trois mille hommes silencieux. Les uns à genoux. Les autres bien accoudés ou juchés en hauteur.

— Personne ne tire avant qu'on en donne l'ordre ! dit un jeune lieutenant en fixant l'étendard blanc du roi au faîte de la barricade.

Les premiers détachements ennemis apparurent. Des éclaireurs de Rogers* et de quelques tirailleurs d'infanterie légère qui ouvrirent le feu au jugé pour tester les défenses, puis se dispersèrent.

Pierre sentit la tension monter autour de lui. Les doigts se crispèrent sur la crosse et l'acier des fusils.

Enfin, le gros de l'armée anglaise sortit du bois pour s'aligner aussitôt, en ordre parfait, et commencer à gravir la pente au son du fifre, le fusil en avant.

Quelques minutes plus tard, les fantassins de première ligne avaient déjà atteint l'abattis*. Ils essayaient de maintenir le pas de charge tout en enjambant ou en escaladant les arbres abattus, accumulés sur la pente. Mais leur belle ordonnance fut rapidement rompue. En désordre, les soldats en habits rouges arrivèrent bientôt à portée du camp français. Baïonnette au canon, ils gravissaient maintenant en courant les derniers mètres les séparant du sommet.

Autour de Pierre, personne ne bougeait. Les Anglais n'étaient plus qu'à cinquante pas. On pouvait les voir charger, hurlant la bouche grande ouverte.

Alors, du côté français, quelqu'un cria de toutes ses forces :

— Feu ! Feu à volonté !

Trois mille fusils déchargèrent la mort en même temps. Ce fut un ouragan de fer et de feu qui faucha pratiquement toute la première ligne ennemie.

En fait, tout s'était passé si vite que Pierre avait pressé la gachette de son arme par réflexe, sans viser. À travers le nuage de poudre qui lui piquait les yeux, il essaya de voir le résultat de cette formidable fusillade.

Quand la fumée commença à se dissiper, il distingua des formes titubantes qui, une à une, s'écroulaient sur d'autres corps renversés sur le dos, hachés par les balles et foudroyés dans toutes les positions.

Avec des gestes précis, Pierre rechargea son fusil. Ses mains ne tremblaient pas. Il se remit en position.

De nouvelles vagues d'habits rouges avaient commencé à gravir la pente. Pierre visa et appuya sur la détente. Le coup partit et se perdit dans le tonnerre des milliers de fusils qui, par salves successives, se déchargeaient tout au long de la ligne de défense en un feu roulant plus désordonné que le premier, mais tout aussi meurtrier.

Pierre déchira une nouvelle cartouche entre ses dents et remplit de poudre le bassinet de son arme.

Refluant sous l'effet du vent, la fumée était devenue tellement dense qu'elle enveloppait complètement le champ de bataille d'un brouillard opaque d'où sortaient des silhouettes hagardes qui, dès qu'elles apparaissaient, étaient impitoyablement abattues.

Pendant plus de deux heures, le massacre continua. Une à une les colonnes anglaises tentaient de gravir le plateau et étaient décimées par un feu nourri qui maintenant rugissait sans arrêt.

Pierre ne pensait plus à rien. Sa tête était vide et c'était comme si son bras et ses yeux avaient cessé de lui obéir et pris le contrôle de sa volonté afin de mieux coordonner ses gestes. Ce détachement de soi, qui le plongeait dans une sorte d'état second, Pierre l'avait déjà vécu à fort William-Henry, mais, cette fois, il avait l'impression confuse que cette sensation d'irréalité l'entraînait plus loin. Les balles pouvaient bien lui siffler aux oreilles ou faire voler près de lui les éclats de bois, il n'éprouvait aucune frayeur. La mort l'aurait frappé à cet instant, il serait tombé sans un cri. Comme ce sergent, à sa droite, qui, le regard étonné, venait de s'effondrer, un trou rouge au milieu du front. Ou comme Samuel Vadeboncœur, touché à la gorge, et qui eut juste le temps de lui faire un petit signe amical, l'air de dire que ce n'était pas grave.

Plongé dans cette demi-inconscience et ayant perdu à la fois le sens des choses et la notion du temps, Pierre continua à tirer. À combien de reprises avait-il ainsi ramené vers lui son fusil et l'avait-il rechargé en enfonçant la baguette, pour épauler de nouveau en appuyant le canon brûlant sur le tronc d'arbre devant lui? Soixante-dix fois?... Quatre-vingts? Il aurait été bien en peine de le dire. Tout ce qu'il savait, c'est qu'il avait déjà dû réclamer au moins huit fois des cartouches et avait été obligé de ramper à plusieurs reprises pour prendre les gargoussières* des gars tués près de lui. Il avait aussi remplacé son arme, l'acier des tubes chauffant tellement qu'il se déformait et menaçait d'éclater. Tout ce qu'il voyait aussi, c'étaient ces grappes humaines qui continuaient de monter la colline et qui, à chaque décharge, se clairsemaient en laissant une nouvelle jonchée de cadavres.

La plus totale confusion régnait. À un moment donné, un capitaine du régiment de La Reine agita un mouchoir rouge au bout de son fusil. Les Anglais cessèrent de tirer. Les Français aussi. Certains pensèrent même que la bataille était terminée et, grimpés sur les troncs d'arbres, ils agitèrent leurs tricornes en criant: « Vive le roi! » Puis la fusillade reprit brusquement, presque à bout portant fauchant encore des centaines de vies.

D'autres vagues ennemies montèrent à l'assaut. Un régiment écossais. Des *highlanders* avec leurs vestes rouges, leurs kilts traditionnels, leurs bonnets à plumes. Des soldats admirables qui marchaient lentement, cornemuse en tête, leurs fusils courts tendus devant eux, comblant les vides dès qu'un des leurs tombait. Ils furent foudroyés à leur tour et, quand ils ne furent plus qu'une poignée, les survivants se mirent à courir en hurlant, leurs grandes épées à coquille au poing[2].

Vaine bravoure. À partir de là, même si le sort de la bataille était scellée, la lutte se transforma en une inutile tuerie. Les Anglais tentèrent une ultime attaque en envoyant deux colonnes qui, elles aussi, se brisèrent sur les positions françaises et se retirèrent dans un tel désordre qu'au milieu de la fumée du champ de bataille, les soldats du même camp se fusillèrent les uns les autres.

Las de tuer et mourant de soif, Pierre jeta son fusil et regarda ses mains. Elles étaient noires de poudre. Les tirs s'espacèrent.

Enfin, vers sept heures du soir, les tambours battirent la retraite.

Le cauchemar était terminé. Il fallut cependant un certain temps avant que les soldats français le réalisent et laissent éclater leur joie. Certains s'embrassèrent. D'autres se mirent à beugler à tue-tête ou à pisser en riant. Chacun manifestant haut et fort son bonheur et son étonnement d'être encore en vie.

---

2 Les Écossais conservaient le privilège de porter une grande épée, appelée *claymore*.

Un officier d'ordonnace passa, portant un panier rempli de bouteilles de vin cacheté. Il en tendit une à Pierre.

— Vous vous êtes bien battus. Pour boire à la santé du général !

Pierre cassa le goulot de la bouteille sur un rocher et but une longue rasade d'un liquide noir au goût vinaigré qui lui brûla la gorge. Presque aussitôt, il se sentit pris de vertige et vomit tout ce qu'il avait ingurgité.

Une heure plus tard, alors qu'une bonne partie de l'armée s'était lancée à la poursuite de l'ennemi en déroute, Pierre se décida à quitter le camp retranché. Tout en haut de la pente sur laquelle s'était joué le combat, il y avait assez peu de cadavres. Mais, à mi-colline, le sol ressemblait à un gigantesque étal de boucher sur lequel gisaient plus de deux mille corps, au-dessus desquels bourdonnaient déjà des essaims de mouches. Pierre ferma les yeux. Il croisa des soldats occupés à ramasser des brassées de fusils ou à fouiller les poches des morts. Plus loin encore, sur le chemin de portage longeant la rivière de La Chute, les pillards étaient encore plus nombreux, les Anglais ayant abandonné équipages, canons, tonneaux d'eau-de-vie et provisions de farine. Beaucoup étaient ivres et s'amusaient à achever à coups de baïonnette les blessés qu'ils rencontraient . L'un d'eux tendit à Pierre un tonnelet de bière.

— Tu veux boire un coup, camarade ?

D'un solide coup de poing en plein visage, Pierre envoya l'homme rouler dans la poussière.

Le lendemain, les hommes sous les armes chantèrent un *Te deum,* et le général Montcalm en personne aida à dresser une grande croix sur laquelle il fit clouer une plaque de bois où on pouvait lire :

Qui dux ? Quid miles ?
Quid stata ingentia ligna ?
En signum ! En victor !
Deus hic, Deus ipse triomphat[3] *!*

Trois jours plus tard, les troupes envoyées en renfort par le gouverneur, monsieur de Vaudreuil, commencèrent à arriver, suivies, le

3 Traduction : Qu'a fait le général ? Qu'ont fait les soldats ? À quoi ont servi ces arbres énormes renversés ? Voici le vrai étendard ! Voici le vainqueur ! Ici, c'est Dieu, c'est Dieu même, qui triomphe !

13 juillet, par deux mille miliciens et soldats de la Marine.

Pierre reprit espoir de retrouver le chevalier de Repentigny parmi le flot d'hommes qui, du matin au soir, arrivaient à pleins canots. Un pistolet à la ceinture, il guettait chaque embarcation. D'ailleurs, il n'était pas le seul à accueillir tous ces combattants qui se pointaient une fois la bataille terminée. À chaque accostage, c'étaient les mêmes railleries blessantes qui pleuvaient et, comme les nouveaux venus étaient pour la plupart des coloniaux, l'affaire ne tarda pas à dégénérer en véritable affrontement entre Français et Canadiens.

Bientôt, massés sur la grève ou sur le bord du promontoire où se dressait le fort, les soldats de l'armée régulière se firent carrément menaçants. Des huées et des gestes obscènes, ils passèrent aux jets de pierre, et peu s'en fallut que les deux camps en vinssent à se tirer dessus.

À deux pas de Pierre, un jeune enseigne de la Marine, originaire de Montréal, et un lieutenant de La Sarre s'empoignèrent presque.

— Pourquoi nous traiter ainsi, monsieur ? Nous n'avons fait qu'obéir au gouverneur en passant par l'Oswégo et la rivière Mohawk.

— Votre gouverneur est un vendu et vous, monsieur, permettez-moi de vous le dire, vous êtes la moutarde qui arrive après le dîner.

— Qu'entendez-vous par là ?

— Que si vous aviez voulu nous sacrifier et nous faire proprement égorger par les Anglais, vous n'auriez pas fait mieux.

L'enseigne devint rouge de rage et mit la main à son épée, mais il se retint. Près de Pierre, un vieux milicien s'écria :

— Laisse faire, le jeune. Ça sert à rien de discuter avec ces maudits Français ! Pour eux, on n'est que de la marde.

Deux mois plus tard, on apprit que la forteresse de Louisbourg* avait capitulé depuis le 26 juillet, que sur le lac Ontario, les Anglais avaient incendié le fort Frontenac et remontaient la Belle Rivière[4], forçant l'abandon de fort Duquesne.

Fort Carillon n'avait été qu'une inutile boucherie.

Dans les semaines qui suivirent, Pierre en vint à se demander si sa route croiserait un jour celle de l'homme qu'il avait juré de punir de ses crimes.

4 L'Ohio.

La routine du camp s'était réinstallée. Il avait d'abord fallu creuser de longues tranchées pour enterrer les morts, dont ce brave Vadeboncœur à qui Pierre réserva une tombe à part, sur laquelle il planta une croix et qu'il recouvrit de grosses roches pour empêcher que les bêtes ne déterrent le corps.

Jusqu'en octobre, on craignit une contre-attaque ennemie. Elle ne vint jamais. À peine, de temps en temps, une brève escarmouche entre patrouilles. Quelques coups de feu échangés à l'aveuglette à travers bois.

Ce jour-là, un certain Marin avait pris la tête d'un détachement de miliciens pour une expédition de reconnaissance en canot à l'extrémité du lac. Pierre en faisait partie, ainsi qu'un petit groupe de Mohawks* ralliés aux Français et reconnaissables à leurs pagnes courts, leurs jambières à franges bordées de perles et surtout à leur crâne rasé, à l'exception d'une sorte de crête de cheveux ou d'une touffe de poils finement nattés à la hauteur de l'occiput.

Il faisait beau et le lac avait la splendeur tranquille d'un miroir immobile dans lequel se reflétaient les collines parées de leurs couleurs automnales. Pierre pagayait lentement, comme s'il ne voulait pas briser l'harmonie parfaite du paysage. Parfois, un huard poussait son cri tragique ou, à la cime des arbres, un vol d'outardes piquait vers le sud en trompettant ses adieux.

Tout à coup, les Iroquois du canot de tête firent signe qu'ils avaient repéré l'ennemi, juste derrière le cap que la flottille s'apprêtait à doubler.

Les Indiens accostèrent les premiers et se dispersèrent aussitôt dans la forêt, leurs mousquets et leurs casse-tête ornés de mèches de scalp à la main. Un à un, les canots rejoignirent le rivage et les hommes sautèrent à l'eau pour tirer les embarcations au milieu des hautes herbes. Toujours par signes, le chef de la petite troupe indiqua à chaque équipage la manœuvre qu'il comptait opérer en jouant sur l'effet de surprise.

Les cinquante hommes s'enfoncèrent dans les fourrés en évitant de faire craquer les branches sèches sous le poids de leurs mocassins. Parvenu à faible distance de la baie où les Anglais semblaient se tenir, Pierre écarta avec précaution les touffes d'aulnes et les pousses de trembles qui lui cachaient la vue.

Les Anglais étaient bien là. Un détachement d'une douzaine d'hommes occupés à charger des marchandises sur un ponton. Mais les habits rouges n'étaient pas seuls. Un peu à l'écart, quelques coureurs de bois discutaient avec animation en se passant une cruche d'alcool. Ils parlaient français et plusieurs avaient conservé des reliquats d'équipements militaires : baudriers, tricornes ou guêtres blanches. Des déserteurs, pensa Pierre en repérant celui qui semblait les commander. Ce dernier, qu'il ne voyait que de dos, avait conservé son uniforme gris clair à parements bleus. Il était en grande discussion avec un capitaine anglais qui, lui aussi, s'exprimait en français et manifestait son impatience en frappant du poing dans la paume de sa main. De quoi parlaient-ils ? À la vue des marques sur les tonneaux, les caisses et les pièces d'artillerie, Pierre comprit qu'il s'agissait d'une partie du butin de fort Carillon que ces renégats avaient volé et qu'ils tentaient de revendre aux Britanniques.

Le mouvement d'encerclement était presque complété quand, tout à coup, un des miliciens qui suivaient Pierre marcha sur une roche branlante, déclenchant aussitôt un bruit insolite de hochet agité avec frénésie. Le pauvre garçon n'eut pas le temps de se jeter de côté. Le crotale l'avait déjà mordu à la cheville, enfonçant ses crocs dans le cuir des mitasses. D'un coup de crosse, le milicien écrasa la tête de l'animal, mais ne put s'empêcher de pousser un juron sonore :

— Maudit bâtard ! Sale bestiole !

L'effet fut immédiat. Un violent feu de mousquetterie balaya la grève. Pierre vit s'affaisser trois soldats anglais qui n'avaient même pas eu le temps de ramasser leurs fusils.

L'officier français qui traitait avec le capitaine ennemi se retourna brusquement. Pierre qui l'avait dans sa mire tira en même temps. Le traître grimaça, touché à l'épaule.

Éberlué, Pierre abaissa le canon de son arme. Celui qu'il venait d'abattre était nul autre que le chevalier de Repentigny ! Une balle siffla à ses oreilles. Il se réfugia en courant derrière un corps-mort*. Quand il releva la tête, la moitié des Anglais étaient hors de combat ; les autres avaient les bras en l'air. Seuls deux des Canadiens passés aux Anglais avaient réussi à fuir en canot. Pierre chercha le chevalier.

Il avait disparu.

VII

Québec, hiver 1758-1759

Cette année-là, les grands froids arrivèrent si tôt que le Richelieu gela avant que les troupes aient pu regagner leurs quartiers d'hiver, essaimés dans tous les bourgs et villages des gouvernements de Montréal, des Trois-Rivières et de Québec, de l'Île-Jésus à la côte de Beaupré. Le retour fut donc pénible et peu glorieux.

La glace se refermait comme un étau sur les fragiles canots d'écorce et il fallait sans arrêt la briser à coups d'aviron ou chercher les chenaux d'eau libre. D'épais bancs de brume glissaient sur les eaux. De soudaines giboulées de neige s'abattaient sur les soldats, qui devaient régulièrement se secouer pour se libérer de la carapace blanche qui les recouvrait. Le soir, c'était pire encore. Impossible de se réchauffer, et ceux qui n'avaient ni capotes ni couvertures de laine grelottaient, toussant et geignant au milieu de la boucane dégagée par les feux de bivouac trop humides.

Quand son détachement ne fut plus qu'à quelques lieues de Québec, Pierre remarqua un fait curieux. La plupart des villages qu'il traversait avec sa troupe semblaient abandonnés et lorsque, par hasard, il apercevait un visage de femme caché dans l'ombre d'une fenêtre, celui-ci exprimait une évidente hostilité.

Ayant épuisé ses provisions de bouche, Pierre entra dans une cour de ferme et cogna à la porte.

— Holà ! Quelqu'un ?

À l'intérieur de la maison, un grincement de chaise sur le plancher lui indiqua qu'on l'avait entendu. Il frappa de nouveau tout en jetant un coup d'œil sur les dépendances de chaque côté du corps de logis. L'étable était silencieuse. Le poulaillier, vide et la porte du fenil, enfoncée.

— Ouvrez ! cria Pierre. J'ai juste besoin d'un peu de pain et de lard pour la route. J'ai de quoi payer !

L'huis s'entrouvrit, laissant apparaître dans l'entrebâillement un vieillard armé d'un antique mousquet.

— Allez-vous-en. On n'a plus rien. Ils ont tout pris. Tout !

Pierre tira sa bourse d'une des poches de son capot et en sortit une pièce d'or qu'il tendit au vieux.

Celui-ci fit un geste à l'intention de sa fille, une adolescente frêle, à la peau couverte d'éphélides, qui revint bientôt avec un quignon de pain noir enveloppé dans un mouchoir.

— Je ne peux pas vous donner plus, dit le vieil homme. D'autres sont passés avant vous. Ils nous ont volé deux sacs de farine. Ils ont tué notre vache et égorgé les quelques poules qui nous restaient. Regardez, ils ont même décroché toutes les feuilles de tabac de mon séchoir et ils sont partis avec…

Pierre demanda s'il pouvait tirer un peu d'eau du puits. Le vieux fermier acquiesça.

— Vous, vous avez l'air d'un bon garçon. Rentrez donc chez vous et n'en sortez plus. À quoi bon se battre ? Ce pays est perdu. Dieu s'est détourné de nous !

À Québec, la situation était pire encore. François Bigot venait d'abaisser une autre fois la ration de pain à un quarteron par jour et il avait fallu que quatre cents femmes manifestent leur colère en menaçant de brûler le palais de l'intendance pour qu'on en revienne à la demi-livre. Les rues grises suaient la misère, et toute la ville semblait murée dans le silence inquiétant de ses boutiques fermées et de ses marchés déserts. Plus de musique ne s'échappant des tavernes à l'enseigne de la branche de sapin[1]. Plus de cochon fouinant du grouin les tas d'immondices. Plus d'encombrements de charrettes et de bruyantes querelles de cochers. Couché sur son cap, Québec était comme un grand corps malade qui, par moments, se raccrochait au moindre espoir.

Peut-être que monsieur de Bougainville, qui venait d'appareiller pour la France, parviendrait à toucher le cœur du roi Louis XV en lui décrivant les misères de la colonie. Peut-être que les fossés qu'on était en train de creuser, la muraille de trente pieds de haut que l'on était en train de consolider et les

1 Les débits de boissons avaient l'obligation d'arborer une branche de conifère en guise d'enseigne.

puissantes batteries[2] qu'on installait du côté du fleuve, arrêteraient les Anglais. Si on tenait tout l'été, et de là, jusqu'à l'automne, on était sauvés. Car une armée ne pourrait passer l'hiver sous les murs de la ville et une flotte d'invasion pourrait encore moins courir le risque de se laisser prendre par les glaces et de voir ses navires broyés par la débâcle de printemps.

Mais, très vite, la déprime s'empara de nouveau de la ville. Où trouverait-on les trois mille miliciens que le général Moncalm voulait incorporer dans ses régiments de terre et dans ceux de la Marine ? Comment les armerait-on et surtout comment les nourrirait-on ?

Alors, le grand corps malade se mettait à paniquer et à délirer de nouveau, saisi de mille peurs irrationnelles et à l'affût des rumeurs les plus folles. Le général avait été victime d'une tentative d'empoisonnement. Il perdait la vue.

---

2 L'historien Thomas Chapais décrit ainsi les défenses de Québec, le « Gibraltar de l'Amérique du Nord », du côté des plaines d'Abraham, 52 canons sur les remparts entre le cap Diamant et la redoute du Bourreau ; du côté du fleuve, 42 pièces dominant la rade de l'archevêché à la côte de la Montagne, deux batteries près du château Sant-Louis, 3 sur la crête du Cap, 4 dans la Basse-Ville, plus les batteries flottantes et les canons de campagne défendant la rivière Saint-Charles, elle-même barrée par une solide chaîne d'estacade.

Il considérait qu'il valait mieux abandonner le Canada et s'apprêtait à partir pour la Louisiane avec ses huit bataillons, son corps du génie, son artillerie et l'élite des troupes de la Marine.

Évidemment, on parlait aussi des «voleries» de Bigot. De son dernier pique-nique donné avec feux d'artifice, violons, vins fins, sirops d'orgeat et soixante plats différents. Des fortunes que les rats de son entourage se hâtaient d'empocher avant qu'il ne soit trop tard. De ce monsieur Péan qui, sous prétexte qu'il souffrait d'un bras, venait de s'embarquer pour la France avec deux millions de livres.

Pierre ne prêtait qu'une oreille distraite à ces augures de malheur. Évitant le magasin de la rue Buade qui lui rappelait trop de mauvais souvenirs, il s'était installé dans une modeste pension de la rue Saint-Jean où il passait son temps à se poser les mêmes questions. Le chevalier de Repentigny était-il encore de ce monde? Était-ce bien lui qu'il avait abattu sur les rives du lac Saint-Sacrement? L'avait-il tué ou seulement blessé? Et, s'il était encore vivant, aurait-il encore une chance d'assouvir sa vengeance au milieu de la tourmente générale qui se préparait et qui allait emporter des milliers d'hommes? Cette vengeance aurait-elle seulement un sens à l'échelle de toutes ces tueries qui feraient subir à tant de familles un destin aussi cruel que celui ayant frappé la sienne?

Pierre passa ainsi une bonne partie de l'hiver à ronger son os. Jusqu'à ce qu'il reçoive, vers la fin de février, une lettre de mère Migeon de la Nativité.

La religieuse s'inquiétait de l'état de santé de sa sœur, Toinette. « Sujette à des crises d'humeur, disait-elle, rebelle à toute autorité, refusant même le secours de Notre-Seigneur Jésus-Christ en trouvant toutes sortes de prétextes pour ne pas assister à la messe. »

Au début de février, Pierre se rendit donc chez les Ursulines pour voir ce qui en était.

En entrant dans le parloir du couvent, Pierre ne reconnut pas sa sœur immédiatement. Coiffée d'une bonnette de toile et vêtue d'une robe grise, elle avait le visage buté et le regard dur des enfants qui ont le cœur en cendre et l'âme à vif.

Toinette s'assit en face de son frère sans l'embrasser, les mains à plat sur la table de chêne qui les séparait. Pierre tendit le bras pour lui toucher le bout des doigts. D'un vif retrait de la main, elle évita le contact et se mit à jouer avec les pointes du fichu qu'elle avait noué autour de son cou.

— Comment vas-tu? demanda Pierre.

Elle fixa sur lui ses yeux bleus, dont l'éclat fiévreux se trouvait ravivé par les cernes qui les ombraient. Elle murmura:

— Je veux sortir. Pourquoi m'as-tu enfermée ici? Je te déteste.

— C'est pour ton bien, Toinette. J'ai promis à maman de veiller sur toi. Chez les sœurs, je suis assuré qu'il ne t'arrivera rien. Plus tard, quand j'aurai terminé ce qu'il me reste à faire, je viendrai te chercher... Je te le jure.

Toinette le regarda de nouveau, droit dans les yeux, et Pierre vit à son regard qu'elle comprenait parfaitement à quoi il faisait allusion.

La jeune fille se crispa et ses lèvres tremblèrent.

— Si tu fais ça, je ne te le pardonnerai jamais.

— Si je fais quoi?

— Tu le sais très bien.

Pierre sentit la colère monter en lui.

— Ce n'est pas un homme pour toi, Toinette. Il ne t'apportera que honte et malheur.

Furieuse, Toinette bondit.

— Et ton Amélie ! Ose me dire que, toi, tu as renoncé à elle !

Interloqué, Pierre balbutia :

— Comment es-tu au courant... ?

— François-Xavier est venu. Il m'a tout raconté. Comment tu as séduit sa sœur. Comment tu as essayé de le tuer alors qu'il n'est pour rien dans la mort de papa. Il n'a fait que se défendre et c'est papa qui s'est jeté sur son épée...

Pierre ne répondit pas immédiatement, trop bouleversé par ce que venait indirectement de lui révéler sa sœur. Ainsi, le chevalier était vivant ! Cette nouvelle le décevait et le réconfortait à la fois, car vivre dans le doute lui était plus insupportable encore. Au bout d'un moment, il retrouva néanmoins ses esprits et reprit la discussion avec sa sœur :

— Il t'a menti. Quant à Amélie, depuis le procès, elle est sortie de ma vie. Je ne sais même pas où elle est.

— Moi, si. Elle ne t'a pas oublié. Elle vit sous la surveillance de sa tante, près de la place d'Armes.

Devant tant de naïveté et de manque de jugement, Pierre se sentit désarmé. Cette flamme, cette obstination, cette hargne, c'était bien sa jeune sœur. La Toinette qui, autrefois, le faisait sourire quand elle affrontait leur père ou leur mère avec l'étourderie de sa rayonnante jeunesse. Mais, maintenant, ce n'était plus pareil. Comment lui faire prendre conscience que, dorénavant, tous ces charmants défauts, loin de la servir, ne faisaient que la rendre plus vulnérable et la menaient directement à sa perte.

Elle n'écoutait pas. Elle se bouchait les oreilles pour ne pas entendre. Il le savait. Il soupira :

— Pauvre Toinette...

— Je ne veux pas de ta pitié, hurla la jeune fille. Je l'aime. Je l'aime à en mourir. Es-tu capable de comprendre cela ?

Attirée par les cris, une religieuse entra précipitamment.

— Voulez-vous faire cesser ce tapage ! C'est un lieu de prière et de recueillement. Mademoiselle Philibert, rejoignez vos camarades, et vous, monsieur, je vous prie de sortir.

— Mais, ma sœur...

Après avoir réglé ses comptes avec la communauté et recommandé aux religieuses de refuser à Toinette la moindre visite suspecte, Pierre revint chez lui plus troublé que jamais. Il se reprochait de ne pas avoir trouvé les mots pour convaincre sa sœur que le chevalier n'était qu'un infâme suborneur. Mais sans oser se l'avouer, au-delà de ce sentiment de culpabilité, il ressentait un bonheur extrême qu'il savourait avec une délectation mêlée de honte.

Amélie était donc à Québec ! Tout près. Amélie l'aimait toujours ! Toinette l'avait dit et, de toute son âme, il voulait croire que c'était la vérité.

L'hiver 1758 avait été précoce. Le printemps 1759 le fut davantage, et la débâcle survint dès la fin de mars, charriant d'énormes plaques de glace qui, en se chevauchant dans leur course folle, menacèrent d'emporter une partie des fortifications de la batterie Royale.

Quelques jours plus tard, les débris et les derniers glaçons emportés, le fleuve était libre.

Pierre, qui assistait à ce spectacle extraordinaire des hauteurs surplombant le Sault-au-Matelot, éprouvait le même sentiment que la plupart des citadins massés sur les remparts. Soulagement d'abord, car, avec le dégel et le retour des beaux jours, on trouverait bien de quoi ne pas mourir de faim. Inquiétude ensuite, car le fleuve libre de glace et Louisbourg aux mains de l'ennemi, cela voulait dire aussi que, d'ici deux mois, la flotte anglaise pourrait bien mouiller devant Québec. Et alors? Pierre, comme beaucoup des habitants de la ville, ne préférait pas trop réfléchir à cette menace. Nul doute que les Anglais feraient payer cher à la colonie le prix de ces cinq années de guerre sans merci : bombardements, bâtiments incendiés, pillages, déportation peut-être comme en Acadie !

Quelques pièces de monnaie glissées dans la paume d'un palefrenier et une conversation avec une lingère du château Saint-Louis avaient suffi pour que Pierre découvre la riche maison à trois étages où Amélie était séquestrée par sa tante.

Depuis lors, il passait de longues heures à guetter les fenêtres de l'endroit, dans l'espoir insensé d'apercevoir ne serait-ce que la silhouette furtive de celle qu'il n'avait jamais cessé d'aimer. Car, sur ce point, Toinette, hélas, avait raison. Tous les efforts qu'il avait faits pour oublier Amélie n'avaient été qu'une vaine tentative pour se donner l'illusion qu'il tenait encore entre ses mains les fils de sa destinée.

L'église des Récollets était toute proche. Pierre, après ses longues heures de surveillance, avait pris l'habitude de venir s'y asseoir, non loin du tombeau de feu monsieur de Frontenac.

En ce début de la semaine de Pâques, une foule de fidèles assistaient aux offices, et Pierre était convaincu qu'Amélie finirait bien par venir y accomplir ses dévotions obligatoires de bonne chrétienne.

Il ne s'était pas trompé. Le Vendredi saint, en parcourant du regard les bancs réservés à la noblesse, aux dignitaires et aux officiers de l'état-major du général Montcalm, il la vit.

Comme d'habitude, elle se tenait la tête légèrement penchée en avant, les yeux baissés, les mains en prière. Sourd aux protestations des gens qu'il dérangeait, il parvint à se placer à quelques rangées d'elle.

Le curé venait de monter en chaire et avait commencé son sermon :

« Mes bien chers frères, mes bien chères sœurs. En ces temps diificiles, rappelons-nous que Dieu donne et Dieu reprend. Il y a plus d'un siècle, le Seigneur nous a donné cette terre vierge pour que nous en fassions une nouvelle France plus vertueuse et plus fervente que l'ancienne. Or, avons-nous respecté cet admirable plan divin ? Je vous le demande. Et si Dieu maintenant, fronçant le sourcil, avait décidé de nous punir, misérables pécheurs… »

Pierre ne quittait pas des yeux Amélie et, sans doute, dut-elle sentir ce regard brûlant posé sur sa nuque et ses épaules, car, à plusieurs reprises, elle tourna la tête pour jeter un rapide coup d'œil derrière elle, s'attirant du même coup les reproches sévères de sa tante qui se pencha vers son voisin, un officier de la Marine, pour lui glisser quelque chose à l'oreille. Le militaire acquiesça et se leva. En remontant l'allée, il s'arrêta à la hauteur de Pierre, qu'il dévisagea froidement, avant de quitter l'église en faisant craquer le plancher sous ses bottes pour être bien sûr de se faire remarquer.

Intrigué par ce manège, Pierre scruta l'assistance autour de lui. Le chevalier se trouvait-il ici et ce militaire avait-il été dépêché pour le prévenir ?

Pendant ce temps, sous le dais de sa chaire de bois doré, le curé continuait son sermon, évoquant maintenant la chute de Babylone.

Près de Pierre, une femme éclata en sanglots, et, un peu plus tard, lorsque le diacre, escorté de deux porteurs de cierges, sortit de la sacristie en portant la sainte Croix voilée de violet, d'autres cris jaillirent du parterre des fidèles.

L'émotion était à son comble et, dès que le grand crucifix fut installé sur le banc de communion, nombre de pénitents se précipitèrent pour embrasser les pieds du Christ d'ivoire offert en adoration à la foule. Amélie était au milieu d'eux. Il en profita pour se faufiler auprès d'elle, la laissant s'approcher de la statue qu'elle baisa après une brève génuflexion.

— Amélie !

À l'appel de son mom, la jeune fille se figea, n'osant même pas se retourner.

Pierre l'attira discrètement derrière un pilier et lui chuchota de nouveau :

— Amélie, c'est moi !

Amélie, cette fois, oubliant toute prudence, se jeta dans les bras de Pierre.

— Dieu soit remercié, vous êtes vivant. On m'avait dit que vous aviez été tué au cours de la campagne de fort Carillon.

— C'est votre frère qui vous a dit ça.

— Oui, mais qu'importe, puisque vous êtes bien en vie.

Pierre serra Amélie un peu plus fort.

— Je vous en supplie, partez, supplia-t-elle tout en continuant de l'embrasser, partez. Si on vous voit en ma compagnie, vous êtes perdu.

Pierre prit les mains d'Amélie et, à son tour, les couvrit de baisers.

— J'ai tout fait pour vous oublier. Je n'ai pas pu.

Le visage plein de larmes, elle se blottit contre lui.

— Moi non plus.

Dans l'église, les gens avaient commencé à regagner leur place et le prêtre avait repris ses oraisons.

Pierre se fit plus insistant :

— Quand nous reverrons-nous ?

Amélie ne répondit pas et, la mort dans l'âme, Pierre la vit regagner son banc où sa tante l'apostropha d'un air soupçonneux :

— Mais où diable étiez-vous passée, ma fille ? Et à qui parliez-vous ?

— À personne, ma tante. À personne…

Pierre était resté toute la soirée dans la salle d'armes où il prenait des leçons d'escrime. Son maître était content de lui. Apparemment, il était très doué. Le poignet solide. De bons réflexes. Il lui manquait juste un peu d'aplomb et d'agressivité.

— Pas encore une fine lame, lui avait dit l'ancien militaire, mais tu as fait des progrès. Par contre, veux-tu bien me dire pourquoi un fils de bourgeois comme toi s'est mis en tête d'apprendre à croiser le fer ?

— Ça, c'est mon affaire ! Vous n'avez pas besoin d'en savoir davantage, avait répliqué Pierre en délaçant son plastron rembourré.

Il était tard. Il faisait un froid glacial et, rabattue vers le sol, la fumée des cheminées enveloppait la rue Saint-Jean d'une sorte de brouillard âcre d'où émergeaient les passants attardés qui disparaissaient sitôt entrevus.

Au carrefour de la rue Saint-Joseph et de la rue de la Fabrique, Pierre, son épée sous le bras, fut heurté brutalement par un piéton. L'homme était enveloppé dans une cape noire, mais, à ses guêtres blanches, Pierre reconnut un soldat.

— Vous ne pouvez pas faire attention, maraud !

Pierre s'excusa. L'inconnu l'agrippa par le bras.

— Où vas-tu, espèce de maroufle* ? Tu ne penses pas t'en tirer comme ça !

Pierre se dégagea. L'homme le plaqua contre le mur de moellons qui se trouvait derrière eux et siffla entre ses doigts. Coiffés de feutres à larges bords qui leur cachaient en partie le visage, deux autres types surgirent de l'obscurité, armés de gourdins. Pierre empoigna son épée et fit face à ses assaillants, les menaçant à tour de rôle de la pointe de son arme. Le chef de la bande ouvrit sa cape et dégaina à son tour.

— Laissez-le-moi, rugit-il, vous allez voir comment je vais vous saigner l'animal.

Pierre se mit en garde, les pieds bien en équerre, les genoux légèrement pliés, le bras gauche relevé. Les deux lames brandies presque horizontalement s'entrechoquèrent, à petits coups hésitants. Puis le soldat, en passes rapides, testa la garde de Pierre, qui para aisément l'attaque. Agacé, le militaire se fendit à fond, jambes largement écartées. Pierre esquiva d'un mouvement de prime du poignet et, avant que son adversaire ait le temps de se redresser, il lui plongea sa lame dans l'aine.

Incrédule, l'homme laissa tomber son épée sur le pavé et se toucha le côté.

— Sacredieu, il m'a eu. Je pisse le sang.

Pierre commit alors l'erreur de baisser sa garde et l'un des deux acolytes du blessé l'estoqua violemment d'un coup de bâton dans les côtes. Pierre se plia de douleur et l'autre en profita pour le frapper au sommet du crâne. Le cuir chevelu fendu et le visage ruisselant de sang, Pierre s'écroula sur le pavé glacé.

— Tiens, prends ça, mon salopiau ! jubila le troisième larron en poursuivant la bastonnade.

— Et ça, de la part de qui tu sais…, ajouta son compagnon.

Pendant un long moment les deux agresseurs s'acharnèrent sur le corps inerte de Pierre. Puis, constatant que celui-ci ne bougeait plus, ils l'abandonnèrent et s'éloignèrent en soutenant leur camarade livide, qui continuait de perdre son sang.

Pierre ne reprit connaissance qu'une demi-heure plus tard. Il réussit à se remettre debout en s'appuyant sur une clôture. Tous les os lui faisaient mal et, à chaque pas, il se sentait pris de vertige. Non loin de la cathédrale, un roulier* qui venait de livrer du bois de chauffage lui offrit de monter dans son chartril*.

— Eh bé, l'ami, ils ne vous ont pas manqué ! Des voleurs ? Il faut prévenir les archers de la prévôté.

Pierre grimaça.

— Non, n'en faites rien.

— Alors, où voulez-vous que je vous ramène ? Chez vous ?

Pierre fit signe que oui et, avant de perdre conscience, il eut le temps de murmurer :

— Place d'Armes, rue des Carrières, en face du château, la grande maison à toit rouge.

C'était l'adresse de madame de Tilly. Une adresse qui lui était venue aux lèvres sans même qu'il y ait songé. Comme si la pensée de sa fin imminente l'avait poussé à se rapprocher le plus possible de celle qu'il aimait, quitte à mourir devant sa porte.

Quand la charrette s'immobilisa à l'extrémité de l'esplanade du château Saint-Louis, Pierre se trouvait dans un état semi-comateux. Le voiturier le secoua.

— Eh, mon gars, on est arrivé !

Pierre râla :

— Amélie…

Le bon Samaritain hésita un instant, puis frappa à la porte. Une femme de chambre vint ouvrir. Le charretier ôta sa tuque.

— J'ai là un chrétien à moitié mort qui réclame une certaine Amélie. Qu'est-ce que je fais ?

La servante serra frileusement son châle sur ses épaules et jeta un œil dans la voiture. Elle parut stupéfaite et plaça son index sur ses lèvres.

— Chut ! Ne bougez pas d'ici. Je vais chercher ma maîtresse.

Pierre ouvrit les yeux. Il était allongé dans un grenier. Au-dessus de lui, accrochée à une des poutres d'épinette grossièrement équarries à la hache, une lanterne de cuivre perforé diffusait une lumière incertaine. Le feu aux joues, il repoussa la peau de buffalo qui le recouvrait.

Où était-il ? Depuis combien de temps était-il là ? Il essaya de bouger. La douleur le cloua sur sa paillasse. Il découvrit alors que sa poitrine avait été soigneusement bandée et qu'à la tête de sa couche, on avait déposé un pichet d'eau fraîche et une miche de pain blanc. Il nota également qu'autour de lui, on avait tendu sur des fils des couvertures de laine pour conserver le mieux possible la chaleur diffusée par la pierre du conduit de cheminée, qui montait du plancher au toit. Ces petites attentions l'amenèrent à penser que la personne qui l'avait recueilli en ce lieu avait fait tout son possible pour le mettre à l'abri et prendre soin de lui.

Il se rendormit, se réveilla de nouveau, la tête remplie d'images confuses... Le souvenir de trois hommes qui le rouaient de coups... celui de deux femmes le hissant avec peine dans un escalier étroit...

Le bout de chandelle de la lanterne s'était éteint, plongeant les combles dans une obscurité presque totale.

Émergeant alors de cet état de rêve éveillé, Pierre prit tout à coup conscience que quelqu'un venait d'entrer dans le grenier. Un froissement de tissu. Un léger parfum de jasmin. Un souffle sur son visage. Une main de femme qui lui caressait la tête, du front jusqu'à la bourse qui retenait ses cheveux.

Pierre chuchota :

— C'est toi ?

Il tendit la main. Ses doigts effleurèrent le haut d'une robe et la peau douce d'un décolleté.

— Pardon ! s'excusa-t-il.

La mystérieuse visiteuse le retint, et il sentit ses deux seins qui palpitaient dans leur nid de dentelle. Essayant toujours de deviner ce qui se passait dans l'obscurité, il entendit ensuite un bruissement léger de corps* et de robe qu'on délace et qu'on laisse tomber sur le sol.

Pierre gémit de nouveau :

— Amélie, mon amour...

— Tais-toi, ne dis rien, haleta la voix de femme si altérée qu'il se demanda un instant si c'était bien celle de sa bien-aimée.

Il voulut ajouter encore quelque chose, mais deux lèvres brûlantes se posèrent sur les siennes, hésitantes d'abord, puis avides, soudées à lui dans un abandon total. Leurs corps enlacés se cherchèrent. Tendu de désir, Pierre ne ressentait plus aucune douleur. Il attira Amélie sur lui. Elle le laissa faire et, doucement, presque maternelle, elle trouva les mots et les gestes qui les conduisirent tous deux à un plaisir d'une telle intensité qu'il les laissa comme éblouis. Pierre n'avait jamais éprouvé rien de tel. Un sentiment de plénitude si puissant qu'il avait l'impression qu'il allait bien au-delà de l'amour. Quelque chose qui ressemblait à cette fusion des âmes dont on parlait dans les romans, à ce grand vent des passions qui balayait toutes les barrières et toutes les servitudes de l'existence.

Amélie partit au petit matin, prenant mille précautions pour ouvrir la porte sans faire de bruit. Elle revint la nuit suivante. Et les autres nuits.

Elle lui changeait ses bandages. Elle lui lavait ses blessures avec des décoctions de gomme de sapin ou de feuilles d'onagre et, quand il souffrait trop, elle lui glissait entre les lèvres quelques gouttes de sirop de laudanum.

Ils faisaient l'amour. Souvent. Avec violence et tendresse. Chaque fois plus pressés de profiter de ces moments de bonheur où ils étaient ensemble. Car ils étaient conscients que ces heures d'intimité volées leur étaient comptées, ce qui les rendait encore plus précieuses.

Inévitablement vint le jour où les deux amants durent envisager le moment tant redouté de leur séparation. Pierre pouvait de nouveau marcher et ses allées et venues dans le grenier n'avaient pas tardé à attirer l'attention des domestiques de la maison.

Amélie était morte d'inquiétude.

— Étiennette, la femme de chambre qui m'est toute dévouée, m'a raconté que ma tante a des soupçons. On lui a parlé de bruits bizarres. Je lui ai dit qu'il y avait sans doute des rats dans le grenier... J'ai bien vu qu'elle se méfiait de moi et je n'ai pas aimé la façon dont elle a ordonné à Thomas, notre cocher, de monter ici pour poser des souricières et de faire tout ce qu'il fallait pour éliminer la « vermine ».

Pierre s'approcha de l'unique lucarne qui éclairait son réduit. Il gratta le givre qui voilait la vitre gelée. La pleine lune se découpait au-dessus des toits chargés de longs glaçons.

— Je m'en irai cette nuit, dit-il. Je me servirai de l'échelle d'incendie[3].

— Pierre, ne m'abandonne pas, supplia Amélie. Partons ensemble. La vie loin de toi m'est insupportable.

— C'est impossible.

— Pourquoi ?

— Ton frère. Il nous retrouverait facilement, et je ne veux pas mettre ta vie en danger.

---

3 À cause des risques élevés d'incendie, un règlement exigeait que les maisons de la ville de Québec soient munies de hauts pignons de pierre servant de coupe-feux et d'échelles permettant de grimper sur les toits pour défoncer les toitures et empêcher le feu de se répandre.

— Mon frère se moque bien de moi. Il n'a pas de cœur. S'il le pouvait, il me vendrait au premier barbon cousu d'or pour payer ses dettes. D'ailleurs, ce n'est pas vraiment mon frère. Nous avons juste le même père…

— N'empêche qu'il a des amis puissants. Mais patience ! Bientôt, les Anglais seront ici. Plus rien ne sera comme avant. Un jour, tu verras, tout ce qui remplit d'orgueil les hommes comme lui, titres, privilèges, disparaîtra.

Désespérée, Amélie posa sa jolie tête blonde sur la poitrine de Pierre.

— Tu veux vraiment être ma femme ?

— Marions-nous. Ainsi, personne ne pourra nous séparer.

— Pas un curé de Québec n'acceptera de nous unir. À moins que…

Pierre prit le beau visage d'Amélie entre ses mains et lui dit en la fixant droit dans les yeux :

— Fais-moi confiance, mon amour.

Elle acquiesça d'un battement de paupières.

— Eh bien, il y a peut-être un moyen d'arranger cela avec le bon Dieu. Demain, c'est samedi. Avec un peu de chance, le curé Récher ou le chanoine Collet doivent bien célébrer un ou deux mariages…

Ne saisissant pas trop où Pierre voulait en venir, Amélie confirma :

— Oui, je pense bien. Un couple de la rue Sainte-Famille, un ferblantier et la fille d'un maquignon. C'est ce qui a été annoncé à la porte de l'église.

— Il faudrait que tu puisses aller au service sans que ta tante soit là.

— Ça tombe bien ! Depuis deux jours, elle est clouée dans son fauteuil par une crise de goutte.

— C'est parfait ! Alors, écoute-moi bien. Convaincs ta tante que tu dois absolument aller te confesser. Si elle t'impose de la compagnie, trouve un moyen pour t'en débarrasser. Ensuite, tiens-toi au fond de l'église, sans te faire remarquer. Je te rejoindrai au bon moment.

Perplexe, Amélie l'interrogea du regard, mais Pierre esquiva toute forme d'explication.

— Fais-moi confiance, mon amour.

Sur ce, il entreprit d'ouvrir le châssis vitré de la lucarne. Celui-ci était coincé, mais il ne résista pas à un bon coup d'épaule. Une épaisse croûte de glace recouvrait le toit et Pierre manqua à plusieurs reprises de glisser, avant d'atteindre l'échelle qu'il descendit doucement le long du mur donnant sur le jardin de madame de Tilly. Quand il eut atteint les derniers échelons, il releva la tête. Dans l'ouverture de la lucarne, une blanche silhouette lui fit un signe de la main.

Le lendemain matin, Pierre attendit que le cortège nuptial du ferblantier soit déjà entré dans l'église pour se glisser à son tour dans le bas-côté. Il alla jusqu'au bénitier et se signa. Puis il parcourut l'assistance. Le marié était bien là, en justaucorps à manchettes de dentelle et en chemise à jabot. Sa fiancée aussi. Une vingtaine de parents étaient rassemblés. Tous habillés de neuf : robes à la française, corsages de soie, coiffes de dentelle et chapeaux brodés à la main.

Pierre aperçut Amélie. Un voile de mousseline sur la tête, elle était à genoux et semblait suivre la messe. D'un geste, Pierre ordonna aux deux hommes qui le suivaient d'aller s'asseoir deux bancs plus loin. Amélie était très pâle. Le jeune homme se glissa à côté d'elle.

— Qui sont ces hommes ? demanda-t-elle à voix basse.

— Nos témoins. Je les ai ramassés en venant. Pour un louis, ils jureraient que je suis le Grand Turc en personne. Et ta tante ?

— Malade. Toujours sa goutte. En plus, elle tousse et doit garder la chambre. Elle m'a confiée à Thomas. Il est là-haut, dans le jubé. Attention ! Il nous surveille…

— N'aie pas peur. Je suis là. Voilà ce que nous allons faire. Quand le curé en sera à l'échange des consentements, tu te lèveras en même temps que moi...

Quelques minutes plus tard, effectivement, après quelques chants entonnés depuis la tribune et un bref sermon sur les vertus et les obligations du mariage chrétien, le curé commença à débiter la formule rituelle :

— Maître Urbain Picoté, acceptez-vous de prendre pour légitime épouse mademoiselle Perrine Sansoucy, ici présente... ?

Pierre fit signe à Amélie et celle-ci se mit debout, pendant que Pierre répétait à voix haute, sans toutefois attirer immédiatement l'attention de la noce :

— Toi, Amélie de Repentigny, acceptes-tu de me prendre, moi, Pierre Philibert pour époux.

— Oui, répondit Amélie pour enchaîner aussitôt : Et toi, Pierre Philibert m'acceptes-tu pour femme ?

— Oui.

Dans le même temps, devant l'autel, le curé avait continué la cérémonie et, tout en procédant à l'échange des alliances, il proclama :

— Et maintenant vous voilà mari et femme.

Pierre sortit alors les deux anneaux d'or qu'il avait cachés dans un mouchoir de batiste. Il en tendit un à Amélie et tous deux s'enfilèrent mutuellement un des bijoux au doigt. Puis Pierre clama, cette fois haut et fort pour que toute l'assemblée l'entende :

— Monsieur le curé, je prends à témoin l'Église et tous les gens réunis ici, que, nous aussi, nous venons de nous épouser devant Dieu ! Les deux hommes que voilà seront prêts à jurer sur la sainte Bible que j'ai dit vrai.

Outré, le bedeau qui servait la messe se précipita sur lui.

— Comment osez-vous ?

Tous les invités du ferblantier se retournèrent. Les uns, furieux. Les autres, s'interrogeant pour comprendre ce qui était en train de se passer.

Écarlate, le curé pointa Pierre du doigt.

— Blasphème ! Sacrilège ! Vous savez bien que monseigneur interdit ce genre d'union[4], arrachée à Dieu par duperie. J'en informerai notre évêque. Le lieutenant de police aussi.

Sans écouter les imprécations du prêtre, Pierre avait déjà entraîné Amélie hors du saint lieu.

---

4 Ce genre de mariage, souvent pratiqué par ceux qui voulaient passer outre la volonté de leurs parents, s'appelait un « mariage à la gaumine ». Bien que menaçant d'excommunication ceux qui usaient de ce stratagème, l'Église acceptait, généralement, de régulariser cette union qui mettait les familles devant un fait accompli.

— Vous serez excommuniés ! hurla le curé.

Sur le parvis de l'église des Récollets, une foule s'était assemblée pour assister à la sortie des nouveaux mariés. L'irruption de Pierre et d'Amélie causa d'abord une certaine surprise, qui vira à la confusion, lorsque le cocher Thomas tenta de barrer le chemin aux fugitifs. Une solide empoignade s'ensuivit. Des soldats en poste devant le château vinrent voir de quoi il retournait. Précédée de plusieurs domestiques, une chaise à porteurs se présenta à son tour et une vieille harpie furibonde s'en dégagea péniblement en agitant sa canne.

— Arrêtez ce scélérat ! Il essaie d'enlever ma nièce !

C'était madame de Tilly qui, avertie on ne sait comment, accourait pour parer au danger encouru par sa protégée.

Dans la mêlée, Pierre reçut une grêle de coups de poing sans lâcher la main d'Amélie. Un soldat le ceintura. Pour se libérer, il dut malheureusement abandonner Amélie, qui disparut au milieu de la foule.

— Amélie ! Amélie ! cria-t-il en se débattant férocement pour échapper au soldat qui avait reçu du renfort.

— Sauve-toi ! supplia celle-ci, pendant que Thomas et deux solides valets s'emparaient d'elle et la poussaient de force dans la chaise de sa tante.

Pierre n'était jamais entré de sa vie à l'évêché. Le vicaire général, un vieillard plein d'onction, l'avait invité à s'asseoir dans un vaste salon aux riches boiseries, avec, pour seule décoration, un grand Christ douloureux étendant ses bras décharnés.

— Monseigneur vous recevra dans un instant, avait promis l'ecclésiastique.

Une heure plus tard, une porte s'ouvrit et parut monseigneur Pontbriant, homme de grande taille et d'allure taurine. Sans sa croix pectorale en or et sa soutane noire à cordons violets, on l'aurait pris pour un simple curé de village. Pierre fléchit le genou et embrassa son anneau.

— Ah ! c'est donc vous, le mariage *à la gaumine*..., bougonna le prélat avec un accent guttural qui trahissait ses origines bretonnes. Vous savez pourtant que notre sainte mère l'Église réprouve cette pratique.

Pierre baissa la tête.

— Monseigneur, je n'avais pas le choix. J'aime cette femme et je ne voulais plus vivre dans le péché.

— Mais c'est une demoiselle de condition et vous...

— Je possède cent mille livres, héritées de mon père, et je suis prêt à faire don aux pauvres de cent louis d'or pour me faire pardonner ma faute et racheter mon inconduite.

L'évêque hocha la tête, embarrassé.

— Combien avez-vous dit, mon fils?

— Cent cinquante louis, monseigneur.

— Et vous ferez amende honorable en chemise, à la porte de l'église, un cierge à la main?

— Oui, monseigneur.

— Bien, bien..., réfléchit l'évêque. Je sais que vous êtes un bon paroissien. Vous avez du bien et vous vous êtes battu courageusement. Je verrai ce que je peux faire. Je parlerai à madame de Tilly. J'essaierai de lui faire entendre raison... En attendant, vous ne reverrez pas sa nièce avant que ce mariage ne soit vraiment béni selon les règles. Vous m'entendez?

Pierre approuva.

D'un revers de la main, le gros évêque lui fit signe que l'entrevue était terminée. De nouveau, Pierre s'inclina respectueusement, mais, avant qu'il ait le temps de quitter la pièce, le prélat le rappela:

— Au fait, avez-vous des nouvelles de votre sœur? J'ose espérer qu'elle ne vous imitera pas en commettant, elle aussi, de grosses bêtises.

Pierre parut si abasourdi que monseigneur Pontbriant crut bon de lui préciser :

— Comment, vous n'êtes pas au courant ? Votre sœur s'est échappée du couvent !

VIII

Sault-Montmorency, été 1759

Quand un monde s'écroule, rares sont ceux qui prennent conscience de la tragédie historique qu'ils sont en train de vivre et dont ils sont les humbles acteurs. Pierre n'était pas différent de ses concitoyens.

Lorsque, dans la nuit du 24 au 25 mai 1759, les bûchers dressés sur la côte pour annoncer l'arrivée de la flotte anglaise s'embrasèrent de proche en proche jusqu'à former une longue chaîne de feu de Rivière-du-Loup à Lévis, Pierre avait bien d'autres soucis que le sort de la Nouvelle-France. C'est à peine si le tonnerre des canons du fort Saint-Louis, annonçant la terrible nouvelle, attira son attention.

Ce qui le préoccupait, dans le moment, c'était le sort de Toinette. Il redoutait le pire. Dans quelle nouvelle folie sa sœur s'était-elle lancée ? Avait-elle revu le chevalier ? Ce dernier était-il responsable de sa disparition ? Mais, de son côté, avait-il le droit de juger sa sœur Antoinette ? N'avait-il pas lui-même agi de manière aussi inconsidérée qu'elle, oubliant par amour tous ses devoirs, toute son éducation, et, surtout, rompant avec cette tradition de circonspection et de constance besogneuse qui, depuis cinq générations, avaient contribué à la fortune et à la respectabilité des Philibert.

Pierre était bien trop intelligent pour ne pas voir le dilemme auquel il se trouvait confronté, dans la mesure où il lui paraissait maintenant impossible de sauver à la fois l'honneur de sa famille et de conserver intact l'amour des deux êtres qui lui étaient les plus chers.

À sa grande honte, cependant, il savait aussi que, s'il avait un choix à faire, l'amour l'emporterait sur le devoir, et c'est à sa « femme », Amélie, qu'il songerait toujours en premier. Amélie qui lui manquait terriblement. Amélie auprès de qui il aurait tant voulu se trouver, en ces heures tragiques, alors que la guerre, bête aveugle, allait inévitablement semer autour d'elle la mort et la désolation.

Depuis que le général Montcalm avait ordonné d'évacuer la Côte-Sud, des centaines de réfugiés affluaient dans la ville de Québec. Surtout des femmes et des enfants qui avaient refusé de se cacher à l'intérieur des terres et qui venaient s'ajouter aux miliciens de tous âges, du vieillard de quatre-vingts ans au gamin d'une douzaine d'années, rassemblés un peu partout autour de la capitale. Armée bruyante aux uniformes les plus divers, où se coudoyaient aussi bien les étudiants du séminaire avec leurs tricornes noirs que les vétérans des milices de Québec et des Trois-Rivières, reconnaissables à leurs tuques de laine enfoncées sur leurs cheveux noués en queue de cheval, à leur couteau de chasse et à leur hache passées dans leurs ceintures.

Campant surtout à l'extérieur de la ville, il y avait bien là dix à douze mille hommes à avoir répondu avec plus ou moins d'enthousiasme à l'appel aux armes du gouverneur Vaudreuil. Beaucoup, assis à terre, affamés et épuisés par de longues marches forcées. D'autres, réunis par petits groupes et discutant avec animation. Qui allait s'occuper de leurs animaux de ferme ? Qui ferait leurs récoltes s'ils ne revenaient pas à temps ? La grogne s'était vite installée. Si encore on les avait bien accueillis. Mais non, rien n'avait été préparé. Deux livres de pain par jour : ce n'était pas suffisant ! Pas question non plus de manger la viande de cochon et de mouton qu'on leur avait livrée. Elle grouillait de vers. Et les fusils dernier modèle promis, où étaient-ils ? C'était toujours la même réponse. Il fallait attendre.... Attendre quoi ? Certains parlaient déjà de retourner chez eux. Là, au moins, ils auraient quelque chose à défendre au lieu de piétocher* dans la boue.

Pierre, qui avait reçu l'ordre de rejoindre son régiment envoyé défendre le Sault-Montmorency, éprouvait toutes les misères du monde à se frayer un chemin dans les rues fourmillantes de soldats et encombrées de charrettes de déménagement remplies de meubles.

Tout en faisant la queue au milieu de la cohue qui se pressait à la porte du Palais, il tira sa montre pour regarder l'heure. Il était midi juste. Il se demanda pourquoi il n'avait pas entendu les cloches. Il s'en informa. On lui répondit qu'elles ne sonneraient désormais qu'en cas d'alerte ou pour le couvre-feu, les clochers ayant été réquisitionnés pour transmettre les signaux de l'armée à l'aide de drapeaux.

Hors de la cité, la pagaille était encore pire, si bien qu'il lui fallut pas moins d'une bonne heure pour franchir le pont de bateaux de la rivière Saint-Charles, sur lequel les chaises* de poste d'officiers, les chariots de munitions couverts de toile peinte et les trains d'artillerie fonçant à bride abattue se disputaient le passage à force d'injures et de coups de fouet.

Depuis une semaine, il avait beaucoup plu. De violents orages qui avaient transformé les chemins en bourbier. Sur les hauteurs et tout le long de la côte, des battures de Beauport aux chutes Montmorency[1], Pierre croisa des soldats affairés à creuser des tranchées et à dresser des redoutes de sacs de sable et de rondins hérissées de canons pointés sur le fleuve. C'était là, visiblement, que messieurs les officiers attendaient l'attaque des Anglais.

La pluie se remit à tomber. Pierre courut s'abriter sous une tente qui servait de cantine. Un sergent de La Sarre mangeait un quignon de pain qu'il trempait régulièrement dans la mélasse. Il offrit à Pierre un gobelet de vin chaud et lui montra le fleuve.

— Tu les as vus. Regarde, ils sont là !

Pierre mit sa main droite en visière. Tout l'espace entre la pointe de l'île d'Orléans et

---

1 Croyant que les Anglais débarqueraient à Beauport, Montcalm y avait concentré 6000 hommes retranchés sur une longueur de 18 milles. 3000 étaient massés en amont de Québec et 2000 occupaient la ville même.

la pointe de Lévis n'était qu'une forêt de mâts de navires.

— Combien sont-ils ? demanda Pierre.

— Je ne sais pas pas. Autour de cent vingt-cinq voiles[2] et pas loin de dix mille hommes, d'après un prisonnier qu'on a fait ce matin. Un déserteur irlandais.

— Cette fois, c'est du sérieux.

— Tu l'as dit, mon gars, approuva le sergent en sortant sa pipe et en la bourrant de tabac. Je pense même qu'on est cuits.

Juste à ce moment, des coups de canon retentirent, et Pierre vit de la fumée blanche et des jets de flammes sortir des flancs d'un gros navire de haut bord. Une des batteries côtières et une carcassière*, au large de Québec, répondirent en tirant deux ou trois boulets et une couple de projectiles incendiaires.

Pierre se tourna vers le sergent.

Placide, celui-ci était en train d'allumer sa pipe et il prit le temps de d'aspirer une bonne bouffée avant de laisser tomber ces mots :

— T'en fais pas. Ils font juste s'asticoter.

2 La flotte d'invasion comptait en fait 40 vaisseaux de guerre, 80 transports et 60 bateaux divers.

À vrai dire, Pierre avait beaucoup hésité avant de rejoindre l'armée pour cette campagne soit-disant décisive. Comme bien des gens du peuple, il ne croyait plus que cette guerre le concernait vraiment. Au fond, les Français de France n'étaient pas si différents des Anglais d'Angleterre. Des étrangers, eux aussi. Venus s'enrichir ou régler leurs différends en terre d'Amérique, sans s'intéresser véritablement au sort des Canadiens de souche. Ceux nés ici et qui, peu importe le sort des armes, n'auraient d'autre choix que de rester au pays et de continuer à trimer dur. En d'autres termes, pourquoi se battre lorsque l'issue des combats consiste juste à savoir si on changera de maître ou si on conservera l'ancien?

Une armée où la plupart des conscrits tiennent ce genre de raisonnement est une armée sans âme, vouée à l'indiscipline, à la sédition et à la défaite.

C'était la conclusion à laquelle Pierre en était rapidement arrivé et, au bout d'une semaine de garde au pied des chutes Montmorency, la situation ne fit que lui confirmer – hélas! – qu'il ne s'était pas trompé.

Chaque matin, on découvrait de nouvelles désertions et rien n'arrêtait l'hémorragie. Ni le fouet ni la corde. Ni même le châtiment exemplaire, réservé à ceux qu'on avait repris et qu'on livrait aux sauvages alliés, lesquels s'empressaient de leur casser la tête avec une joie féroce.

Plus d'une fois, Pierre fut également tenté de disparaître à la faveur de la nuit. Mais il n'en fit rien, car il avait au moins deux bonnes raisons de demeurer fidèle au poste. Tout d'abord, il n'avait pas intérêt à indisposer les autorités civiles et religieuses s'il voulait qu'elles reconnaissent la validité de son mariage avec Amélie. Le seconde tenait au fait qu'il espérait toujours secrètement que les hasards de la bataille le remettraient peut-être en présence du chevalier de Repentigny, lui donnant une chance de lui régler son compte une fois pour toutes. Une chance aussi de se purger de toute cette haine qui l'envahissait et le faisait souffrir comme un abcès ayant besoin d'être crevé.

Depuis la tombée de la nuit, Pierre marchait le long de la rivière Montmorency, le fusil à l'épaule. Le ciel était clair et, d'où il était, il pouvait apercevoir, proche de la grève, les feux de bivouac des soldats du Royal-Roussillon. On y parlait haut et fort autour de la carcasse d'un mouton volé qu'on était en train de griller à la broche. Un peu plus loin, en arrière de la redoute, se trouvait le camp des miliciens. À chacun de ses passages, Pierre y faisait une courte halte pour échanger quelques mots avec ses compagnons rassemblés autour du feu. Certains nettoyaient leurs armes. D'autres s'épouillaient ou fumaient en jouant aux dés sur un tambour. L'un d'entre eux, durant la journée, était allé chasser la tourte au-dessus de l'Ange-Gardien.

— Des millions ! s'exclamait le chasseur. Tellement nombreuses qu'elles cachaient le soleil et, quand elles se posaient sur un arbre, les branches cassaient sous leur poids.

Des remarques moqueuses interrompirent le récit du milicien qui, piqué au vif, renchérit :

— Je vous jure, les gars, que je dis la vérité. J'aurais pu en tuer assez pour nourrir toute l'armée, mais on nous a interdit de gaspiller nos munitions. Ordre du général. Alors, on a continué à les abattre au vol, à coups de bâton… J'en ai eu pas mal !

Pierre reprit sa ronde, guidé par le grondement de la chute. À plusieurs reprises, il entendit des bruits dans les buissons et prit son fusil.

— Qui va là ?

Fausse alerte. Un soldat, culotte baissée, sortit la tête des herbes sèches pendant qu'une jeune femme derrière lui réajustait son corsage délacé.

— Français ! Fais pas l'imbécile, chuchota le soldat. C'est moi ! Santerre, tu me remets ?

Pierre replaça son fusil sur son épaule. À cent pieds de la chute, le souffle mouillé de la cataracte lui fouetta le visage comme une pluie bienfaisante. Il resta ainsi quelques secondes, puis fit demi-tour avant d'être trempé des pieds à la tête. Une mouffette traversa le sentier, laissant derrière elle sa trace olfactive nauséabonde. Plus loin, c'est sur une bande d'Indiens en maraude qu'il tomba : des sauvages d'En-Haut[3], Cris, Renards, Folles-Avoines ou Sakis, presque nus avec leurs peintures de guerre. Ils passèrent près de lui sans faire de bruit, et il préféra ne pas leur demander ce qu'ils faisaient là.

Pierre repassa devant le campement des miliciens. La conversation avait changé. L'œil canaille, le chasseur de tourtes parlait des femmes qui rôdaillaient autour des soldats. Putains prêtes à se vendre pour quelques sols, mères éplorées cherchant leurs fils, fiancées prises d'un mauvais pressentiment et voulant revoir à tout prix l'élu de leur cœur.

— Hier, on m'a raconté qu'il y en a une, là-haut, au Passage d'hiver[4], qui pleurait et suppliait la sentinelle de la laisser passer. Elle cherchait un officier français des Compagnies

3 Des territoires vierges de l'Ouest et du Nord-Ouest canadien.

4 Un des passages à gué de la rivière Montmoremcy.

Franches, qui l'avait mise grosse et avait promis de l'épouser.

— Et après ? s'enquit un des veilleux.

— Après, la sentinelle, elle est allée trouver l'officier en question et, lui, il a ordonné qu'on l'envoie au diable, en ajoutant que c'était juste une pauvre folle qui le poursuivait. Du coup, quand il est revenu, le factionnaire s'est moqué de la fille. Il l'a traitée de putain. Il a même essayé de lui trousser le cotillon et de l'embrasser. Mais la belle était une vraie tigresse. Elle lui a mordu la lèvre jusqu'au sang. Ça fait que le type, à son tour, s'est fâché et l'a giflée devant tout le monde. Alors, vous savez pas ce que la fille a fait ?

Le conteur fit une pause volontaire, faisant mine d'interroger ses compagnons d'un regard circulaire, avant de conclure, en appuyant sur chaque syllabe pour mieux dramatiser la fin de son histoire :

— Eh bien, elle s'est jetée à l'eau et s'est laissée emporter par le courant jusqu'à la chute, où elle a fait le grand saut !

Pierre blêmit et, sans savoir pourquoi, sentit sa gorge se nouer. Il descendit lentement vers la batture. Au loin, dans la nuit sans lune, brillaient les falots de la flotte anglaise. La brise agitait les roseaux et les quenouilles d'un léger friselis. Des insectes chantaient dans les herbes hautes. La chaleur était tombée et rien ne semblait pouvoir troubler la quiétude de cette splendide nuit de juin.

Le jeune homme se sentit rassuré.

C'est à ce moment précis que se produisit la première déflagration qui embrasa tout le Saint-Laurent. Au large, un navire brûlait comme une torche. Plusieurs miliciens réveillés en sursaut accoururent pour assister à ce spectacle extraordinaire.

Puis, tout à coup, un autre vaisseau s'enflamma et vola en éclats dans un prodigieux feu d'artifice.

— Des brûlots ! Des brûlots[5] ! s'exclama un des hommes descendus sur la grève. Ils essaient d'incendier les navires anglais en profitant de la marée. Regardez !

Transformés en bombes flottantes, leurs ponts enduits de résine fondue et leurs cales chargées de barils de poix, de caisses de grenades et de vieux canons bourrés de poudre et de balles, les navires incendiaires glissaient doucement en direction de la flotte ennemie. Puis, arrivés à bonne distance, on voyait des hommes armés de flambeaux y mettre le feu avant de sauter dans des chaloupes pour fuir le brasier infernal. Bientôt, le Saint-Laurent tout entier fut éclairé par les flammes qui

5 Navires transformés en bombe incendiaire que l'on utilisait pour incendier les flottes ennemies.

dévoraient les navires en rugissant et en projetant vers le ciel d'épaisses volutes de fumée. Il y eut encore de brusques flamboiements et des explosions qui projetèrent dans les airs des nuées de débris incandescents et qui firent pleuvoir des pluies de brandons. Puis les épaves ardentes semblèrent s'arrêter au milieu de leur course pour se consumer sur place.

Un soldat de la Marine pesta tout haut :

— Les imbéciles ! Ils ont allumé trop tôt. Ils ont eu peur de sauter avec. Les Anglais ont pu jeter des grappins sur les bateaux en feu et les remorquer loin de leurs navires à l'ancre.

Au large de l'île d'Orléans, les brûlots n'étaient déjà plus que des bûchers expirants, qui sombraient un à un dans les eaux noires du fleuve.

Témoins impuissants de ce désastre, les soldats et les miliciens retournèrent au camp. Resté sur les lieux plus longtemps que les autres, Pierre vit le dernier bateau s'enfoncer au milieu d'un panache de fumée blanche. Il eut un pincement au cœur comme si, quelque part, cette issue pitoyable symbolisait la fin dérisoire d'un monde qui lui avait été cher, mais qui, déjà, n'était plus le sien.

⚓

Ce matin-là, il fit anormalement froid pour la saison, et, dans le camp enveloppé d'un épais banc de brouillard, on voyait à peine à dix pas devant soi. Vers midi, le soleil pointa enfin à travers cette masse cotonneuse, répandant sa clarté sous la forme d'un étrange halo lumineux. La brume commença alors à se dissiper comme un drap qui se déchire.

Invisible, à la cime d'une épinette, une corneille poussa son cri de mort. Pierre frissonna. Il n'avait presque pas dormi. En sortant de sa tente, il nota un curieux phénomène. Le bruit sourd de la chute semblait s'être amplifié et les vapeurs enveloppant le Sault avaient pris une sorte d'apparence humaine, évoquant une femme fantomatique vêtue de longs voiles diaphanes.

— La Dame blanche ! s'écria quelqu'un. C'est la Dame blanche ! Malheur à nous !

Répété d'un bout à l'autre du camp, ce cri provoqua un véritable mouvement de panique parmi les miliciens, surtout ceux originaires de la région. Presque tous avaient entendu parler des apparitions de la Dame blanche. Certains disaient que c'était la Sainte Vierge en personne. D'autres, le fantôme d'une âme en peine. Mais tous étaient généralement d'accord pour dire que la Dame blanche annonçait toujours un malheur.

— Moi, je ne reste pas ici ! lança un jeune paysan de Boischatel en jetant son fusil à terre, aussitôt imité par plusieurs de ses amis de l'endroit.

— Arrêtez-les ! glapit l'officier de garde, accouru sur les lieux. Tirez-leur dessus s'il le faut.

Pierre se plaça en travers du chemin des fuyards et ajusta sa baïonnette au canon de son fusil.

— Halte ! On ne passe pas, tu as entendu le lieutenant ! cria-t-il, l'arme déjà pointée en avant.

L'habitant de Boischatel se jeta littéralement sur lui, et Pierre dut lui asséner un solide coup de crosse dans les côtes pour le forcer à reculer.

Le jeune habitant hurla en se tordant de douleur :

— Je l'ai vue, je te dis. Elle flottait sur les eaux, là, comme je te vois.

Pierre le repoussa de nouveau.

— Tu as rêvé. C'est rien que le brouillard qui se lève.

Le regard halluciné, l'habitant s'accrocha à lui désespérément.

— Non, je ne suis pas fou ! Elle est là !

La peur est contagieuse. Malgré lui, Pierre ressentit une profonde impression de malaise. Et si cette apparition n'était pas une simple illusion ? Et si elle était réellement le signe de la malédiction divine ? Et si, comme le voulait la tradition, elle venait prévenir quelqu'un qu'un crime abominable venait de se produire ?

Pour en avoir le cœur net, Pierre n'eut qu'à suivre les sodats qui descendaient vers l'embouchure de la rivière, sur le bord de laquelle s'était formé un attroupement considérable. Un brigadier en chemise était entré dans l'eau jusqu'à mi-taille et s'efforçait de repêcher quelque chose qui descendait doucement au fil du courant.

Il fallut à Pierre un certain temps avant qu'il ne comprît qu'il s'agissait du corps d'un noyé. Plus précisément celui d'une femme qui flottait sur le ventre, bras écartés, ses jupes gonflées s'étalant autour d'elle comme la corolle d'une fleur blanche.

— Ça y est, je l'ai ! cria le brigadier en plantant sa gaffe dans le cadavre et en l'attirant jusqu'à lui.

Le corps fut hissé sur la grève. La fille avait de magnifiques cheveux roux.

Pierre s'approcha, les yeux fixés sur cette chevelure de feu. Il écarta les curieux et s'agenouilla devant la noyée. Le brigadier le dévisagea.

— Tu la connais ?

Pierre dit d'une voix blanche :

— Aide-moi à la retourner.

Avec douceur, les deux hommes roulèrent le corps qui retomba mollement sur le dos. Yeux grands ouverts, le visage était déjà gonflé par un séjour trop long dans l'eau glacée. Le corps avait dû rester prisonnier dans les tourbillons, au pied de la chute, avant d'être rendu à la rivière.

Dans l'attente d'une explication, le brigadier toucha l'épaule de Pierre.

Livide, celui-ci tenait la morte par la main. Il se pencha sur elle et embrassa ses lèvres violacées.

— C'est ma petite sœur, Toinette.

Les soldats reculèrent. Certains se signèrent et ôtèrent leur chapeau.

Pierre resta seul, pleurant en silence, à genoux dans la vase.

Pierre obtint une semaine de permission pour enterrer sa sœur qu'il ramena à Québec, couchée au fond d'un tombereau et enroulée dans une toile de tente.

Pierre ne pleurait plus. La douleur l'avait anéanti. À peine remarqua-t-il les soldats qui, tout au long de la route, sur les crêtes ou les levées de terre, s'alignaient pour le voir passer et se découvraient à sa vue. Car l'histoire de

« la fille en amour qui s'était jetée dans les chutes » avait fait le tour de la batture de Beauport. Il ne s'étonna pas non plus lorsque les sentinelles de la porte du Palais le saluèrent militairement et le laissèrent passer sans un mot. Il était ailleurs, luttant inutilement contre cette évidence affreuse, insupportable. Toinette, sa petite Toinette, était morte !

Passée la porte du Palais, la seule porte encore ouverte de toute la ville, on ne croisait plus que des militaires, des fourgons et de lourds attelages d'artillerie. Partout, les maisons étaient fermées, volets clos et portes barricadées par des planches.

La température avait brusquement changé. Il faisait maintenant une chaleur moite et accablante.

Pierre alla frapper à la porte du presbytère du curé Récher, le prêtre de sa paroisse dont il avait encouru les foudres en se mariant illégalement. N'ignorant pas la façon dont l'église traitait les suicidés, il se doutait qu'il n'obtiendrait pas l'aide de l'homme de Dieu, mais il comptait sur celle de l'ancienne esclave affranchie de son père, Christine, qui servait maintenant chez le curé. Celle-ci avait été comme une seconde mère pour Toinette.

Ce fut en effet la vieille Indienne qui lui ouvrit.

— Pierre ? s'étonna-t-elle.

Il lui confia en deux mots ce qu'il attendait d'elle. Elle l'écouta en hochant la tête et en se dandinant d'un pied sur l'autre, sa façon à elle de marquer son extrême chagrin. Puis, sans hésiter, elle aida Pierre à porter le corps de la pauvre Toinette sur la table de la cuisine.

— Assieds-toi, dit-elle. Laisse-moi faire. J'ai l'habitude.

Comme le cadavre était déjà trop rigide pour le déshabiller normalement, elle alla chercher une paire de ciseaux et coupa les vêtements souillés. Le frêle corps nu de Toinette apparut, couvert d'ecchymoses bleutées. Un bref instant, Christine sembla perdre son sang- froid. Elle se ferma la bouche de la main pour étouffer un cri.

— Pauvre enfant ! Quelle pitié ! Tu as raison, elle ne peut pas paraître comme ça devant le bon Dieu !

Assis sur le banc de quêteux près de l'entrée, Pierre détourna la tête et se frappa violemment le front contre le mur. Christine sortit et revint avec une cuvette remplie d'eau et une chemise de nuit perlée à la mode indienne. Quand elle eut terminé la toilette de la défunte, elle reprit ses ciseaux et fendit la chemise pour pouvoir l'enfiler par le devant.

— Pierre, aide-moi. C'est du molleton de laine. Je l'avais cousue pour moi. Elle aura bien chaud là-dedans.

Pierre souleva sa sœur et, quand elle fut habillée, à la demande de Christine, il lui força les bras pour les replier en s'efforçant de ne pas entendre le craquement sinistre des os.

Lorsque tout fut terminé, paupières fermées, joues rosies par un peu de fard et mains croisées sur la poitrine, Toinette semblait presque dormir. Elle était belle, malgré le rictus effrayant qui s'était sans doute dessiné sur ses lèvres au moment même où elle avait fait le grand saut dans le néant.

— Et maintenant, que vas-tu faire? lui demanda la domestique en allumant un cierge.

— Je vais la mettre à côté de papa et de maman.

Christine passa sa vieille main toute ridée dans les cheveux de Pierre.

— Tu sais que monsieur le curé ne voudra pas qu'on l'enterre dans le cimetière. Elle s'est ôté la vie… À ses yeux, c'est un grand péché. J'essaierai de lui parler quand il va rentrer.

— Je m'arrangerai bien.

Pierre eut toutes les difficultés du monde à trouver un menuisier qui acceptât de lui confectionner un cercueil. Finalement, à l'aide de planches arrachées à droite et à gauche, un marin lui fabriqua une boîte grossière. Pierre y allongea sa sœur et cloua lui-même le couvercle.

Sur la fin de l'après-midi, un orage éclata, déversant un brutal torrent de pluie, suivi de gros grêlons, qui chassèrent des rues les rares passants.

Pierre en profita pour hisser la bière sur sa charrette.

Christine se tenait devant la porte du presbytère. Elle qui, jusque-là, n'avait presque rien dit commença à se lamenter en mêlant des bouts de prières à une sorte de chant lugubre. Pierre la remercia en la prenant dans ses bras. Elle se dégagea et continua à chanter dans sa langue sa triste mélopée tout en dénouant ses cheveux et en ôtant de son cou les médailles et la croix qui y pendaient. Pierre voulut ramasser les humbles bijoux que la vieille femme avait jetés à terre. Elle l'arrêta :

— Laisse. Je ne crois plus en votre Dieu. Un dieu qui abandonne ses enfants n'est pas un bon dieu. Je l'ai confiée à notre grand-mère, la Terre féconde qui prend soin de nos âmes. Mais j'ai bien peur que l'âme de Toinette ne repose pas en paix. Les âmes des enfants morts ont du mal à nous quitter. Elles viennent nous tourmenter. Elles pleurent et crient vengeance.

Christine reprit à voix basse son chant funèbre et ne cessa pas de chanter jusqu'à ce que la charrette de Pierre disparût.

Le voyage fut très court. Le cimetière n'était qu'à quelques coins de rue, tout près des jardins de l'Hôtel-Dieu. Un muret de pierre de cinq à six pieds de haut le séparait de l'hôpital. Pierre passa devant la grille d'entrée. Elle était cadenassée, comme il l'avait pensé. Il força son cheval à se ranger un peu plus loin, le long de l'enceinte, et sauta dans la caisse de la voiture. Sans trop d'efforts, il hissa le cercueil sur le faîte du mur. Puis il ramassa les outils qu'il avait emportés, alluma un fanal et descendit avec précaution la lourde caisse à l'intérieur de l'enclos sacré.

Il s'était remis à pleuvoir dru. Sous la pluie battante, il parcourut les allées, écrasé sous le poids de la bière qu'il portait sur son dos. Il trouva enfin l'endroit qu'il cherchait. Il déposa son fardeau et commença à piocher et à pelleter la terre spongieuse. Une heure plus tard la fosse était creusée. Il fit alors glisser doucement la caisse vers le fond.

La pluie avait cessé.

Quand il eut comblé le trou et couvert celui-ci de mottes d'herbe pour que personne ne s'aperçoive qu'on avait remué de la terre fraîche, il retira son chapeau de feutre détrempé et le tint contre sa poitrine. Debout devant la tombe, il se recueillit quelques minutes et les mots de l'office des morts lui vinrent à l'esprit :

— « Donnez-lui, Seigneur, le repos éternel. Et que la lumière qui ne s'éteint pas l'éclaire. Qu'elle repose en paix. Ainsi soit-il. Seigneur, exaucez ma prière. Et que mon cri parvienne jusqu'à vous... »

Il ne put aller plus loin. D'autres mots lui emplirent la bouche. Des mots de colère. Des mots qui lui firent serrer les dents et qu'il se mit à répéter comme une sorte de litanie vengeresse :

— Je le tuerai. Oui, je le tuerai ! Je suis un chien qui ronge son os. Je suis un chien. Mais un temps viendra qui n'est pas venu où je mordrai qui m'aura mordu ! Au revoir, petite sœur...

À neuf heures, ce soir-là, le 12 juillet 1759, signe du destin ou coïncidence, une fusée lancée d'un navire anglais éclaira le ciel, et les canons ennemis, installés à la pointe des Pères, en face de Québec, commencèrent à bombarder la ville.

IX

Québec, août-septembre 1759

Quand l'orage de feu commença à s'abattre sur la ville, Pierre décida qu'il ne regagnerait pas le camp de Beauport. On pouvait bien le pendre comme déserteur, il s'en moquait. Maintenant, c'était ici que se trouvait son devoir, car le plus pressant était de sauver Amélie. Et si une bombe tombait sur sa maison? Et si sa folle de tante n'avait pas eu la sagesse d'évacuer la ville pendant qu'il en était encore temps?

Pierre se rendit donc jusqu'à la place d'Armes où il constata avec soulagement que le bombardement n'avait causé que des dégâts mineurs aux maisons qui l'entouraient. Il se promit de revenir chaque jour, espérant que, dans la confusion qui ne manquerait pas de s'installer, Amélie pourrait échapper à ses geôliers et s'enfuir avec lui.

En retournant chez lui, Pierre se trouva mêlé aux badauds qui, du haut de la côte de la Montagne, étaient venus observer la canonnade.

Les canons de siège anglais tonnaient désormais avec une régularité de métronome. Une salve toutes les vingt-cinq minutes. Tirés trop courts, les premiers boulets tombèrent dans le fleuve en soulevant des gerbes d'écume. Autour de Pierre, on se mit à plaisanter et à applaudir comme s'il se fut agi d'un simple jeu, mais cette liesse populaire ne dura guère. Une bombe siffla au-dessus de la foule et, quand les gens se retournèrent, l'église des Jésuites était en feu.

Pendant les deux mois et demi qui suivirent, ce fut l'enfer. Les boulets de plus de trente livres, chauffés à blanc, décapitaient les cheminées, trouaient les toits, lézardaient et abattaient les murs les plus solides, forçant les derniers habitants de la ville à se sauver.

Même les Ursulines avaient dû quitter leur couvent, emportant avec elles les meubles de leur chapelle, les vases sacrés et les ornements sacerdotaux. Les bourgeois et les marchands avaient suivi. Une à une, les maisons se vidaient, à tel point qu'il avait fallu rouvrir les portes Saint-Louis et Saint-Jean pour laisser passer les voitures et les longues filées de piétons chargés de baluchons.

Pierre, lui, refusait de se joindre à ce flot de réfugiés qui allaient se cacher dans les bois ou tentaient de rejoindre le couvent Notre-Dame-des-Anges[1] à deux kilomètres au nord de la ville, où déjà plus de huit cents personnes s'entassaient. Il attendait d'être sûr qu'Amélie, elle aussi, avait quitté la cité assiégée. Or, de toute évidence, à voir les domestiques entrer et sortir de la maison de madame de Tilly, ce n'était pas le cas. Il continua donc à veiller sur elle de loin. D'autant plus que, depuis peu, de terribles rumeurs circulaient. À la brunante, des pillards rôdaient un peu partout, forçant les caves pour dérober la nourriture qui pouvait y être cachée. Des soldats en maraude hantaient aussi les beaux quartiers, emportant tout ce qu'ils pouvaient vendre. Au point où monsieur Daine, lieutenant civil et criminel, après avoir fait pendre trois voleurs,

1 L'Hôpital général.

fit afficher partout dans Québec une ordonnance selon laquelle « toute personne trouvée saisie des effets d'autrui sans ordre du propriétaire serait exécutée le jour même ».

À la fin du mois de juillet, les Anglais, déçus de voir que la ville résistait toujours, changèrent de tactique. Ils remplacèrent les boulets par des pots-à-feu, c'est-à-dire des paniers de fers remplis de poix, de goudron et de poudre à canon. Dans la nuit du 22 au 23, un de ces projectiles incendiaires tomba sur la cathédrale. Des flammèches brûlèrent les pavillons fixés au sommet de l'édifice, puis les flammes gagnèrent le clocher. On crut un instant pouvoir sauver l'église. Malheureusement, d'autres bombes tombèrent et le vent se leva, attisant l'incendie avec une telle force que les trois cloches fondirent en partie avant de se détacher et de se fracasser au sol.

— Au feu ! Au feu ! criait-on de toute part.

Spontanément des miliciens, des soldats et des marins firent la chaîne avec des seaux de cuir remplis d'eau, dans l'espoir d'empêcher la propagation du sinistre.

Pierre se joignit à eux. Le spectacle était hallucinant. Le feu, qui maintenant menaçait le séminaire et le palais épiscopal, semblait danser dans les airs.

— Plus vite les seaux ! Plus vite, bon Dieu ! entendait-on hurler.

De nouveaux boulets et de nouvelles bombes s'abattirent en sifflant.

Comme les autres, Pierre accéléra la cadence. Le seau, qu'il venait de passer à celui qui le suivait dans la chaîne, tomba à terre. L'homme qui devait le saisir était bien là, la main encore tendue, mais il n'avait plus de tête. Un boulet venait de le décapiter.

— Mettez-vous à l'abri ! cria une voix inconnue. Vous allez tous vous faire tuer !

Le pilonnage continua jusqu'à cinq heures du matin. Précis, impitoyable.

Un pot-à-feu tomba sur les bardeaux d'une maison de la rue de la Fabrique qui flamba comme du bois sec, malgré les efforts des volontaires qui tentèrent de contenir l'élément destructeur en démolissant les toitures voisines à coups de hache et de bélier. Vains efforts. Les flammes poussées par le vent bondissaient d'un toit à l'autre et, bientôt, toute la rue ne fut qu'un immense brasier.

Découragés, les secouristes et les pompiers improvisés durent reculer.

Au même moment, escorté par quelques officiers en uniformes gris, survint un cavalier, tête nue, une riche épée de gentilhomme au baudrier.

Les cheveux roussis et blanc de cendre, un habitant du quartier l'apostropha :

— Pourquoi les nôtres ne ripostent-ils pas ?

— Parce que je n'ai pas assez de poudre, mon brave, et mes canons ne sont pas assez puissants.

C'était le général Montcalm en personne, qui, après être venu constater l'ampleur des dévastations, s'en retournait à son quartier général de Beauport.

Au petit matin, ruinée, réduite à des décombres fumants et à des pans de murs noircis, Québec n'existait plus.

Pierre se fraya un chemin jusqu'à la rue Buade. Du magasin de son père, il ne restait plus qu'un bout de façade à demi écroulé, au milieu duquel avait été miraculeusement préservé le panneau sculpté du chien qui ronge son os. Fou d'angoisse, il courut jusqu'à la place d'Armes. La plupart des riches demeures bordant l'esplanade avaient été lourdement endommagées. L'église des Récollets, sa flèche détruite, son toit écrasé, n'était plus qu'un amas de ruines. Les jardins avoisinants avaient été labourés par les boulets qui avaient creusé des cratères et déchiqueté les arbres.

Pierre chercha la demeure d'Amélie. Elle était si défigurée qu'il eut de la difficulté à la retrouver parmi les quelques charpentes noircies qui se dressaient encore au milieu des ruines fumantes.

Armés de pioches, des ouvriers s'affairaient à dégager les rues. Un exempt* de la maréchaussée arrêta Pierre.

— Toi, où vas-tu ?

Pierre lui montra un laissez-passer, signé de son capitaine. La gorge nouée par l'émotion, il s'informa en désignant les restes de la maison de la rue des Carrières :

— Savez-vous si madame de Tilly et sa nièce étaient encore là ?

Le policier haussa les épaules.

— Je ne sais pas et j'en ai rien à foutre. J'ai bien d'autres chats à fouetter.

Avant même de pouvoir placer un autre mot, Pierre se retrouva une pelle à la main, forcé de charger un tombereau de pierrailles. Il besogna ainsi toute la journée, mettant à ce travail de Sisyphe une énergie d'autant plus grande qu'il lui permettait de vider son âme de toutes les noires pensées qui l'angoissaient.

C'était en fait une tâche à la fois épuisante et parfaitement absurde, car, à peine les hommes achevaient-ils de déblayer un bout de rue qu'une pluie de bombes pulvérisait un carré d'habitations et faisait choir sur la chaussée des pans entiers de murs et des montagnes de plâtras.

Fatigué, amaigri, incapable de dormir, les nerfs tendus, l'esprit au bord de la confusion, Pierre n'entendait même plus le bruit assourdissant de la canonnade ni ne pensait à se mettre à l'abri. Il erra ainsi dans la ville détruite pendant plus d'un mois, incapable de quitter les lieux, comme si la désolation qui l'entourait était devenue le reflet et le prolongement de sa propre détresse. Une pensée le torturait. Si Amélie était là, ensevelie quelque part, à quoi bon continuer sa quête absurde de vengeance ? À quoi bon tout simplement exister ? Il comprenait pourquoi Toinette s'était donné la mort. La mort n'était pas la négation de la vie. La mort était sa suite logique. Un cri de protestation contre elle quand elle n'a plus rien à offrir, sinon une longue descente aux abîmes.

Désespéré, Pierre descendit dans la Basse-Ville et chercha un cabaret encore debout. On lui indiqua une bâtisse éventrée de la place Royale. Dans une cave enfumée, une vingtaine de soldats braillaient des chansons à boire. Pierre s'installa à une table à l'écart et vida deux pichets de vin. Ici, apparemment, on ne manquait de rien, et il suffisait de sortir un écu de son gousset et on vous apportait assez de piquette et d'eau-de-vie pour que vous vomissiez vos tripes et vous vous mettiez à ronfler, la tête dans votre écuelle de soupe au lard.

À la table d'à côté, on buvait à la santé du général et de monsieur de Lévis. Pierre apprit alors que, pendant son absence, le camp du Sault avait été attaqué par les Anglais qui campaient à l'est de la rivière et avaient essayé de franchir le gué. Mais un certain de Repentigny, embusqué avec neuf cents sauvages et quelques Canadiens sur les hauteurs dominant la chute, avait taillé en pièces un bataillon du 35e d'infanterie, un détachement de *rangers* et une compagnie de fantassins. Même que les sauvages les avaient poursuivis jusqu'au milieu de la rivière et en avaient scalpé trente-six. Il était aussi question d'un débarquement manqué des habits rouges sur les battures. Leurs barges s'étaient échouées. Leurs gars, sous la pluie, avaient attaqué deux redoutes en pataugeant dans la boue, alors qu'on les attendait en haut de l'escarpement. Plus de quatre cents morts, cette fois.

Pierre offrit aux buveurs un cruchon de tord-boyaux, qu'ils acceptèrent d'abord avec méfiance puis avec bonne humeur, quand ils apprirent que celui qui les régalait venait justement du camp de la Montmorency.

Invité à grandes tapes dans le dos, Pierre en profita pour demander si quelqu'un était au courant de ce qu'il était advenu de ce de Repentigny qui avait si « vaillamment » résisté aux Anglais.

— Il a été blessé, lui répondit un frater, qui se souvenait l'avoir vu à l'infirmerie dressée près de la porte du Palais.

Pierre voulut en savoir davantage.

Le soldat fit la grimace.

— S'il est mort ? Je ne sais pas. Comme le chirurgien était trop occupé avec une jambe à scier, c'est moi qui ai extrait le plomb avec ma lancette. Il respirait encore quand j'ai eu fini, mais il avait perdu pas mal de sang…

Pierre comprit qu'il ne tirerait rien de plus du bonhomme qui, après avoir vidé cul sec son verre d'alcool frelaté, s'écria en claquant la langue de satisfaction :

— Au fait, les gars, vous avez vu les deux qui se balancent au-dessus de la Grande Batterie. Deux sentinelles. C'est le général qui les a fait pendre en haut de la falaise. Pour l'exemple. La nuit dernière, ils s'étaient endormis fin saouls. Si bien qu'ils n'ont pas vu les bateaux anglais, fanaux éteints, qui ont réussi à remonter le fleuve et à passer devant Québec à la barbe de nos canons.

Avec une délectation morbide, le frater se lança alors dans une description détaillée de l'exécution d'un des deux condamnés, à laquelle il avait assisté. Comment il avait gigoté au bout de la corde et comment les yeux lui sortaient de la tête.

La tablée entière partit à rire et leva son verre à la santé du pendu en lui souhaitant la bienvenue en enfer.

Pierre se leva. Se pouvait-il que la vie humaine en fût venue à compter pour si peu ? En viendrait-il un jour, lui aussi, à un tel degré d'abjection ?

Il sortit de la taverne. Dehors, il trébucha et restitua à longs jets toute la boisson qu'il avait ingurgitée. Lorsqu'il tenta de se relever, une terrible explosion le renversa de nouveau.

Une bombe venait de tomber sur le cabaret, faisant sauter les vingt tonneaux de brandy qui y étaient stockés et pulvérisant tous ceux qui y festoyaient. Le feu gagna presque instantanément les habitations attenantes. Un pot-à-feu tomba sur une des maisons bordant la place du Marché[2]. Une autre, dans la rue Champlain. Puis une pluie de boulets s'abattit alors sur la chapelle Notre-Dame-des-Victoires, dont les murs criblés de trous tenaient encore debout. Pendant un instant le feu sembla vouloir épargner le monument. Puis, brusquement, une épaisse fumée s'éleva et ce qui restait de la toiture s'embrasa.

---

2 Appelée aussi place Royale, à partir de l'érection d'un buste de Louis XIV, en 1686.

Hagard, le visage en partie brûlé, Pierre se remit péniblement sur ses pieds et resta là à regarder l'église qui flambait.

Deux jours plus tard, quand il revint avec une autre équipe d'ouvriers pour dégager les abords de la place, il entra sans but précis dans la chapelle en ruine. Il eut la surprise d'y trouver une vieille femme qui balayait devant ce qui restait de l'autel. Pierre s'assit sur un des bancs qui n'avaient pas été fracassés et, tout en faisant semblant de se recueillir, il observa la vieille. Celle-ci, sans broncher, fouillait parmi les gravats et elle en dégagea une Vierge de plâtre balafrée par un éclat. La statue avait conservé son sourire et continuait de tendre ses mains ouvertes.

La vieille l'essuya avec douceur comme si elle eût nettoyé les plaies d'une blessée. Elle essaya ensuite de la soulever à bras-le-corps, mais, après de vains efforts, elle y renonça en soupirant. Alors, Pierre, sans un mot, vint l'aider et, à eux deux, ils parvinrent à réinstaller la statue sur son piédestal à l'entrée du chœur. La vieille le remercia d'un hochement de tête, puis reprit son balai et continua son ménage.

Étrangement, lorsqu'il quitta l'église, Pierre sentit une incompréhensible bouffée de joie l'envahir. Pour la première fois depuis des semaines, il eut de nouveau envie de se battre. Se battre simplement pour que la vie continue, pour être enfin en paix avec lui-même. Se battre pour accomplir la promesse faite à sa mère. Se battre pour arracher Amélie des griffes de son frère. Car Amélie était vivante, il en avait maintenant l'intime conviction. Amélie l'attendait. Elle se languissait de lui et, pour que leur amour renaisse, il fallait faire comme cette vieille femme : balayer le passé et s'accrocher obstinément à l'espoir de jours meilleurs.

Deux semaines plus tard, la grande nouvelle se répandit dans Québec : à la faveur de la nuit, les Anglais avaient débarqué à l'anse du Foulon. Ils avaient pris position un peu à l'est des hauteurs d'Abraham.

X

Sur les hauteurs d'Abraham, 13 septembre 1759

Depuis qu'au petit matin, le drapeau rouge avait été hissé au sommet de la citadelle, la confusion, pour ne pas dire la panique, régnait dans Québec. Les derniers habitants, souvent des femmes en pleurs, leurs enfants dans les bras, et des vieillards chargés de bagages tentaient de quitter la ville. Des soldats couraient à l'appel des tambours. Des estafettes à cheval passaient au triple galop pendant que les derniers hommes encore valides faisaient la queue devant les magasins du roi pour recevoir fusils et munitions.

On savait le sort que le général Wolfe avait réservé aux villages de la Côte[1]. En août, sept paroisses pillées et brûlées, de Baie-Saint-Paul à Château-Richer, et sept autres en septembre, les torches des incendiaires détruisant toutes les maisons de Montmorency au Cap-Tourmente. Un curé scalpé par les sauvages. Les habitants chassés et réduits à mourir de faim dans les bois. Québec allait-elle à son tour être livrée à la soldatesque ?

La peur tout autant que l'élan patriotique poussaient donc chacun à s'armer pour défendre ce qui restait de sa maison ou de son échoppe.

L'intention de Pierre était de rejoindre l'Hôpital général où nombre de citadins avaient trouvé refuge et où l'on transportait les blessés.

À la porte du Palais, il se heurta d'abord aux factionnaires du poste de garde qui contrôlaient les allées et venues de tout le monde, à la recherche de déserteurs ou d'espions. Il y avait, là aussi, des « majors » chargés exceptionnellement par l'intendant d'assurer la police. Souvent de simples bourgeois affublés d'uniformes militaires qui veillaient à faire protéger les biens que les riches avaient dû laisser derrière eux, cachés dans des caves

1 Nom pour désigner les côtes de Beaupré et de Charlevoix.

ou murés dans des entrepôts secrets. Pierre, dont la permission était échue, hésita à affronter les contrôles. Quand il se décida enfin, il était déjà trop tard…

Il était sept heures du matin. L'ordre courut de dégager les rues pour laisser passer l'armée de Beauport qui traversait la ville pour prendre position sur les plaines d'Abraham. Guyenne d'abord, suivi de la milice de Montréal et des Trois-Rivières précédant une centaine de miliciens d'élite de Québec dans leurs uniformes écarlates tout neufs. Quelques-uns reconnurent Pierre et l'invitèrent à se joindre à eux.

— Qu'est-ce que tu fous là ? On pensait que t'étais mort.

Un sergent-fourrier lui tendit une cartouchière et un fusil.

Pierre prit l'arme et resta encore un moment sur le trottoir de bois à regarder les troupiers qui défilaient devant lui, drapeaux au vent et tambours battants. N'ayant pas dormi depuis trois jours et ayant marché une lieue et demie sans reprendre leur souffle, beaucoup de ces hommes avaient les traits tirés, ce qui ne les empêchait pas d'afficher une exubérance fanfaronne qui ne faisait que masquer l'angoisse ressentie avant la bataille.

Les troupes continuaient d'affluer. Après plusieurs régiments français apparurent d'autres coloniaux avec un autre gros contingent des

Compagnies Franches. De nouveau, Pierre fut apostrophé au passage par plusieurs anciens compagnons qui le saluèrent bras levé.

— Eh, mon gars, qu'est-ce que tu attends ? Tu vas manquer la fête !

Pierre les salua en riant. Et puis, soudain, il figea sur place en apercevant l'officier qui paradait en tête de la deuxième compagnie, l'esponton* à la main droite et le bras gauche en écharpe. Se pouvait-il que ce soit lui ? La ressemblance était frappante. Mais lorsque Pierre voulut fendre les rangs pour en avoir le cœur net, l'officier était déjà trop loin.

Pierre tenta bien de remonter la file et de se glisser dans la masse compacte de l'armée en marche. Il fut reçu par des jurons et des bourrades. Il n'eut donc pas le choix et dut attendre que le gros des bataillons soit passé pour emboîter le pas des traînards et des francs-tireurs qui fermaient le défilé. Cortège bigarré dans lequel se retrouvaient des volontaires de la dernière heure, des coureurs de bois et surtout des sauvages, en particulier des Algonquins, arborant peintures de guerre et plumes d'aigle au chignon.

À la porte Saint-Jean qu'on venait de rouvrir le temps de l'affrontement, Pierre perdit de vue les habits gris des Compagnies Franches qui se dirigeaient vers le flanc droit. Obéissant aux commandements hurlés par les sergents, il fut sommé de suivre le mouvement et se retrouva à l'extrême gauche des lignes françaises, au milieu d'un bosquet qui bordait la falaise. De la position légèrement surélevée qu'il occupait, il avait une excellente vue du champ de bataille. Il connaissait bien l'endroit : un vaste plateau long d'environ un mille, encombré de buissons et découpé de petits champs de blé et de maïs à l'abandon. Derrière lui, les précipices du cap Diamant et le fleuve. Au nord, au-delà des chemins de Sillery et de Sainte-Foy, l'autre versant du plateau et le coteau Sainte-Geneviève et, entre les deux, devant lui, tout près des murailles de Québec, un ravin peu profond, remontant en pente douce : les Buttes-à-Neveu, au sommet duquel les Français étaient en train de prendre position. Les troupes coloniales et le gros des miliciens à droite. Languedoc et Béarn au centre. Guyenne et le Royal-Roussillon à gauche. Les Canadiens comblant les trous ou renforçant les rangs des réguliers.

Six cents verges en contrebas s'alignaient les habits rouges en deux colonnes, le long du talus arrière du ravin et hors de portée des canons de remparts de la ville.

Il pleuvait. De courtes averses. De temps à autre éclataient des tirs isolés. Cela faisait maintenant pas loin de deux heures que les hommes attendaient, l'arme au pied.

D'où il était, Pierre pouvait voir parfaitement le général Montcalm. Vêtu d'une redingote blanche à manchettes de dentelle, il montait un cheval noir et parlait sans arrêt à l'oreille des officiers qui l'entouraient. Il avait l'air exaspéré. Qu'attendait-il? Régulièrement, il dépêchait des cavaliers qui partaient aussitôt à bride abattue porter des messages à on ne sait qui.

Soudain, les canons anglais commencèrent à tirer, ouvrant des sillons sanglants dans les rangs des troupes royales. Dans la compagnie de Pierre, quelques miliciens levèrent leurs fusils et tirèrent un peu au hasard. À leur tour, les Français mirent en batterie cinq canons qui crachèrent le feu et soulevèrent des jets de mottes de terre.

Du bord des Anglais, les soldats bien alignés obéissaient mécaniquement aux ordres lancés par leurs officiers. Les tambours n'arrêtaient pas de battre et les fifres égrenaient leurs notes aiguës, relayés bientôt par les cornemuses qui beuglaient leurs chants lancinants.

La tension augmentait de minute en minute, et chacun des hommes qui était là guettait le geste ou le cri qui allait déchaîner l'ouragan de fer et de feu.

À neuf heures, la pluie cessa complètement et, tout à coup, du côté français, le général Montcalm éperonna son cheval et se mit à galoper sur le front de ses troupes en criant :

— Êtes-vous fatigués[2] ?

— Non ! hurlèrent en chœur les soldats.

Alors, le général tira son épée et la pointa vers l'ennemi.

— Eh bien, en avant !

Semblable à un rugissement, une immense acclamation sortit de quatre mille poitrines : « Vive le roi ! », et les trois colonnes, chargèrent à l'arme blanche.

Comme les autres miliciens, Pierre se dressa, prêt lui aussi à attaquer.

— Pas maintenant ! On ne bouge pas et on ne tire pas avant mon ordre, intima l'officier qui commandait la position.

Pierre épaula son arme, le doigt sur la gachette.

---

2 Certains soldats n'avaient pas dormi depuis trois jours, car il y avait eu de nombreuses fausses alertes qui avaient tenu les troupes sur le qui-vive.

Au loin, il vit les soldats français courir sur trois rangs dans un désordre grandissant qui, peu à peu, transforma leur attaque en une sorte de ruée sauvage. Au bout de trente pas, le centre avait déjà devancé l'aile gauche. Les plus avancés étaient encore à cent vingt verges des Britanniques quand, soudain, un officier des Compagnies Franches, blessé au bras gauche, leva son bras valide. Aussitôt, les soldats de la Marine qui le suivaient déchargèrent leurs fusils, imités par les Canadiens qui, selon leur habitude de combat, se jetèrent à plat ventre pour réarmer leurs mousquets. À cette distance, la salve tirée ne fut pas très efficace. À peine quelques dizaines d'habits rouges s'affaissèrent, remplacés sur-le-champ par des soldats de la deuxième ligne qui avancèrent d'un pas et remplirent les vides en se tournant légèrement de côté pour offrir une cible moins facile.

En face, parmi les lignes françaises, c'est alors que le gros de l'armée arriva à portée de fusil et se heurta malencontreusement aux Canadiens encore couchés à terre. Des soldats trébuchèrent ou enjambèrent les corps avec difficulté. Enfin, à bout de souffle, ils arrêtèrent à quarante verges de l'ennemi. Ceux qui avaient encore une balle dans le canon de leur fusil tirèrent pendant que leurs compagnons fouillaient dans leurs cartouchières et sortaient en hâte leurs baguettes pour recharger. Ils n'en eurent pas le temps et c'est à ce moment précis que le sort de la bataille se joua. Suivant une chorégraphie parfaite, la première ligne des Anglais qui, jusque-là, n'avait pas bronché, fit trois pas en avant. Un ordre sec fut crié. Une haie de fusils chargés à double balle s'abaissa, et plus de deux mille armes se déchargèrent en même temps dans un bruit de tonnerre qui roula de peloton en peloton, tout le long de la ligne. Puis, toujours avec la même précision, les fantassins du premier rang firent une nouvelle fois trois pas en avant et s'agenouillèrent pour recharger pendant que ceux du second rang pointaient leurs fusils au-dessus des têtes de leurs camarades accroupis.

— *Fire!* cria à pleins poumons un homme grand et maigre aux cheveux roux, qui portait un brassard et brandissait une baguette d'officier.

Une deuxième fois, les fusils anglais crachèrent à l'unisson dans un fracas assourdissant.

L'effet fut terrifiant. Décimés en partie par le premier tir, les rangs français furent littéralement foudroyés par la volée de balles qui s'abattit sur eux. Des pans entiers d'hommes tombèrent, jonchant le sol de leurs corps ensanglantés. Tout le flanc droit avait disparu, et les survivants du centre, comme frappés de stupeur, figèrent sur place, ne sachant plus que faire.

C'est à ce moment que du côté anglais, au son strident des cornemuses, les habits rouges, la baïonnette à la pointe de leurs fusils et de leurs mousquetons*, se mirent à leur tour à avancer.

Bien dissimulés au milieu des fourrés et derrière le rideau d'arbres qui les rendaient invisibles à l'ennemi, les miliciens du groupe de Pierre, la gorge serrée, avaient assisté, impuissants, au massacre.

Les Anglais étaient maintenant tout près d'eux. Une mer d'uniformes rouges au sein de laquelle se détachaient quelques Américains en vestes de daim et surtout les Écossais en plaids qui, avec leur férocité habituelle, sabraient impitoyablement les fuyards.

Le capitaine de la milice qui commandait la compagnie de Pierre, un certain Dumas, souffla à ses hommes :

— Les gars, ça va être à nous. Chacun son homme et ne manquez pas les officiers.

Pierre visa calmement et, avant de tirer, balaya du regard la marée rouge des soldats ennemis. Il prit dans sa mire le grand escogriffe au brassard noir, qui avait commandé les deux salves dévastatrices. À cette distance, il ne pouvait pas le manquer. L'officier courait maintenant en tête d'une compagnie de grenadiers facilement identifiables à leur bonnet conique en forme de mitre d'évêque. Pierre le suivit de la pointe de son arme, mais, juste avant de presser la détente, il vit que sa victime avait déjà été touchée et vacillait en se tenant l'aine.

— Feu à volonté ! s'écria le capitaine Dumas.

D'un geste réflexe, Pierre pressa la gachette de son fusil et le coup partit. L'Anglais au brassard bascula en arrière, frappé cette fois en plein thorax. Deux officiers se portèrent aussitôt à son secours et l'emportèrent hors du champ de bataille.

Ce que Pierre ne savait pas, et qu'il apprit beaucoup plus tard, c'est que ce grand rouquin qu'il avait abattu était nul autre que le général James Wolfe.

Vingt-trois minutes exactement s'étaient écoulées depuis le début de l'engagement. Vingt-trois minutes pour qu'une victoire, presque assurée, se transforme en désastre. Vingt-trois minutes pour qu'une retraite en désordre se change en déroute totale, avec des soldats qui, par régiments entiers, abandonnaient leurs fusils et fuyaient à toutes jambes, malgré les adjurations des officiers qui cherchaient à les rallier. Meute affolée qui s'éparpillait dans les bois. Cohue pitoyable qui piétinait à l'entrée du pont de la rivière Saint-Charles pour regagner Beauport ou qui se bousculait aux portes de la ville avant que celles-ci ne se referment.

Dans cette débandade générale, seuls les miliciens canadiens tapis dans les bois, de chaque bord des plaines, semblaient ne pas avoir perdu la tête. Pierre était de ceux-là. Comme ses compagnons, il n'avait pas cessé de tirer, au point où la fumée de poudre s'échappant du bassinet de son fusil lui brûlait le visage.

Les Anglais ne tardèrent pas à repérer d'où provenaient ces tirs meurtriers qui gênaient leur élan et décimaient leurs officiers. Un détachement de grenadiers et de *highlanders* fut chargé de nettoyer les boisés.

— Voilà les maudits sans-culottes*! avertit le capitaine Dumas. Ceux qui n'ont plus de munitions, rompez le combat. Chacun pour soi et Dieu vous aide!

Plusieurs miliciens se levèrent. Ils eurent à peine le temps de faire quelques pas avant d'être abattus. Le capitaine le premier.

Attaqué par un grand Écossais à la crinière rouge feu, Pierre se défendit courageusement. Il esquiva les attaques, mais en reculant, il heurta une racine et tomba à la renverse. Aussitôt, le *highlander* leva sa lourde épée pour lui porter le coup fatal. Pierre agrippa son fusil et d'instinct le projeta, la lame en avant. La baïonnette s'enfonça jusqu'à la douille dans le bas-ventre de son adversaire, qui écarquilla les yeux de surprise. Pierre eut à peine le temps de dégager son arme que deux autres Écossais lui tombèrent dessus. Le premier, armé de son Brown Bess, le mit en joue. Pierre entendit le coup partir. Il crut un instant que la balle l'avait manqué jusqu'à ce qu'il sente un liquide chaud lui glisser le long du nez. Sa vue se brouilla.

Lorsque Pierre reprit conscience, le fracas de la bataille s'était tu. Il se releva péniblement et se passa la main dans les cheveux. Ils étaient poisseux de sang, mais la blessure était superficielle. Une simple coupure. Titubant, il chercha à se repérer et décida de suivre le bord de la falaise, en direction de la ville. À plusieurs reprises, il tomba sur des pelotons de soldats anglais qui le forcèrent à se cacher. Une fois, il en suivit un de loin et découvrit avec horreur à quelle besogne ces hommes s'affairaient. Ils ramassaient les blessés français, les transportaient à bout de bras jusqu'au bord du cap et, de là, les balançaient dans le vide.

Une demi-heure plus tard, il aperçut enfin les murs de Québec. Il se trouvait juste sous le cap Diamant, à quelques centaines de pas de la redoute de la Glacière. Sur la route de Sillery, il ne tarda pas à rencontrer des soldats français qui refluaient en désordre vers la ville. Parmi eux, des civils et des marins portant des blessés sur des civières.

Pierre se mêla à eux.

— Les salauds d'Anglais, dit un matelot qui soutenait sur son épaule un jeune tambour à la tête bandée. Ils ne nous ont même pas laissés relever nos morts. On leur a demandé. Ils nous ont tiré dessus.

— Où est le reste de notre armée? demanda Pierre.

— Le plus gros a essayé de rejoindre Beauport et, de là, tout le monde a fiché le camp vers Jacques-Cartier*. Jusqu'au gouverneur qui s'est enfui en calèche. Ça courait comme si ça avait le feu au cul. Vrai comme je te le dis, mon garçon.

Indifférent aux balles qui, régulièrement, lui sifflaient aux oreilles, Pierre aida les ambulanciers comme il le put. À deux ou trois reprises, il demanda à des soldats valides de l'aider à secourir ceux qui, exsangues ou épuisés, gisaient au fond des fossés. On l'envoya au diable. Une armée vaincue est comme un être brisé. Elle n'a plus ni honneur ni générosité. Elle n'est plus que la somme des égoïsmes et des lâchetés de ses survivants qui n'ont en tête qu'un seul but : sauver leur misérable vie.

Perdu au milieu de cette débâcle humaine, Pierre fut bientôt en vue de la porte Saint-Louis où s'engouffraient des vagues de fuyards toujours plus pressés.

Un officier à cheval semblait vouloir leur barrer l'entrée. Monté sur un étalon à robe sombre, il poussait sa monture à contre-courant au milieu de la foule, en répétant :

— Mes amis ! La partie n'est pas terminée. Faites demi-tour !

Mais personne ne lui obéissait et les hommes passaient à côté de lui, silencieux et tête baissée. Rendu un peu plus près, Pierre vit qu'il s'agissait de monsieur de Montcalm en personne. Le marquis était livide et donnait de l'éperon pour forcer son cheval à ne pas reculer devant ce flot humain ininterrompu qui déferlait vers lui.

Tout à coup, le général eut comme un soubresaut qui le souleva de selle. Sans rien laisser paraître, il fit lentement tourner bride à son cheval. Il avança encore de quelques pas.

Puis, juste au moment de franchir l'arche de pierre de la porte Saint-Louis, il parut secoué de nouveau par un choc violent qui, cette fois, le coucha sur l'encolure de son cheval. Pierre et deux autres soldats se portèrent aussitôt à son aide et l'empêchèrent de vider les étriers. Deux balles perdues l'avaient frappé juste au-dessus des côtes.

— Le général est touché ! cria un officier qui escortait Montcalm à cheval. Faites place ! Écartez-vous, bon Dieu de bon Dieu !

Le corps mou, les bras ballants et la tête réjetée en arrière, le gros homme ne tenait plus sur son cheval que parce que Pierre et les deux autres fantassins l'y maintenaient au prix de pénibles efforts.

La nouvelle, évidemment, ne tarda pas à se répandre dans la ville comme une traînée de poudre. Bientôt, le cortège du général blessé attira dans la rue une foule d'habitants, surtout des femmes, qui, après s'être signées, éclataient en sanglots.

Masse inerte ballottée par son cheval, monsieur de Montcalm avait plus ou moins repris conscience et, chaque fois qu'il croisait une de ces créatures éplorées, il la saluait en esquissant un sourire crispé.

— Ce n'est rien, mesdames. Rien du tout. Je vous l'assure. Ne vous affligez pas pour moi, mes bonnes amies !

Après avoir descendu la moitié de la rue Saint-Louis, l'équipage s'arrêta finalement devant la maison d'André Arnoux, chirurgien du roi, mais comme ce dernier était absent, on montra la blessure du marquis à son frère. Pierre aida à coucher le général sur un lit. La pièce fut bientôt remplie de monde.

Le médecin fendit les vêtements du blessé et grimaça à la vue des plaies qu'il nettoya et pansa de son mieux.

— Combien d'heures ai-je encore à vivre ? demanda le marquis d'une voix blanche.

— Hélas, monsieur, je doute que vous passiez la nuit.

Fermant les yeux, le général soupira :

— Tant mieux, je ne verrai pas les Anglais dans Québec !

Puis, d'un geste las, il renvoya tous ceux qui étaient à son chevet, ne gardant près de lui qu'une religieuse ursuline, à qui il demanda faiblement :

— Ma sœur, ayez la bonté de m'apporter une plume et du papier, j'ai des lettres à écrire… Ma femme… Mes enfants…

Pierre fut presque pris de pitié pour cet homme qui allait mourir si loin des siens, avec au cœur le remords d'avoir mal servi son roi et de lui avoir fait perdre l'Amérique.

Sorti parmi les premiers, le jeune homme rencontra un domestique qui répondait au nom de bonhomme Michel et travaillait pour les religieuses. Le serviteur était en train de fouiller les décombres de la maison voisine, à la recherche de planches intactes.

— Que fais-tu ? s'enquit Pierre, intrigué.

— Je ramasse de quoi lui menuiser un cercueil.

Le lendemain, à cinq heures du matin, après avoir reçu le viatique et l'extrême-onction, le marquis Louis-Joseph de Montcalm, seigneur de Saint-Véran, de Candiac, de Tournemire, de Vestric, de Saint-Julien d'Arpaon, baron de Gabriac, lieutenant général et commandant des armées de Sa Majesté, rendit le dernier soupir. Et le soir même, à la lueur des lanternes, on l'enterra dans un trou de bombe, au milieu des ruines de la chapelle des Ursulines.

Avant de clouer sa boîte, bonhomme Michel avait trouvé un coussin à placer sous la tête du mort, mais comme on n'avait pas trouvé un uniforme propre à lui mettre, il avait fallu se contenter de gratter le sang séché qui tachait celui qu'il portait.

Dans les jours qui précédèrent la capitulation de la ville, le 18 septembre, Pierre fut affecté de force à plusieurs corvées. On l'envoya à Beauport récupérer les tonneaux de farine et de lard qui avaient été abandonnés dans le camp déserté. Il en revint les mains vides. Les habitants de l'Ange-Gardien et de Château-Richer avaient tout pillé. Partout dans les rues déambulaient des femmes et des enfants qui mendiaient un peu de nourriture. De petits groupes de soldats déguenillés rôdaient, sans trop savoir où aller. Les miliciens rapportaient leurs fusils dans les magasins du roi pour mieux se fondre dans la population et être bien sûrs de ne pas encourir de représailles de la part de l'ennemi. Bref, plus personne n'était à son poste. Même sur les remparts, où les marins et les artilleurs fumaient leurs pipes assis sur les affûts de leurs canons muets.

La mutinerie couvait.

Pendant ce temps-là, sur les plaines d'Abraham, les Anglais creusaient des tranchées et hissaient une formidable artillerie de siège : soixante canons et cinquante-huit mortiers. De quoi écraser ce qui restait de la ville de Québec.

Dès qu'il en eut la chance, Pierre décida donc de quitter la cité dévastée pour gagner l'Hôpital général comme il l'avait projeté, la veille de la bataille.

Peut-être Amélie était-elle là-bas... Son frère aussi... Pierre, lorsqu'il pensait à eux, éprouvait un curieux sentiment. Le sentiment que, dans cet effondrement général qui l'entourait, ces deux êtres étaient comme les deux pôles qui orientaient son existence et lui donnaient encore un sens. Amélie représentait la promesse d'une vie heureuse toujours possible ; le chevalier, la part d'ombre qui ravivait en lui une haine tenace, nourrie par la douleur inconsolable d'avoir perdu ses parents et sa petite sœur Toinette.

Le chemin, longeant la rivière Saint-Charles entre Saint-Roch et l'Hôpital, semblait encore libre. Il fallait faire vite avant que les Anglais ne bloquent les ponts et ne barrent les routes.

Rester dans Québec aurait été une folie. D'ailleurs, combien de soldats assuraient maintenant la défense de la ville ? À peine cent vingt. Et les officiers, où étaient-ils ? Les meilleurs, tués. Les autres, enfuis. Et les vivres ? À peine pour quelques jours. Et les notables ? Verts de peur, suppliant le gouverneur, monsieur de Ramezay, de signer l'acte de capitulation... ou déjà en train de pactiser avec les Anglais afin de sauver leurs affaires. Restait monsieur de Lévis. On disait qu'il avait pris le commandement de l'armée et s'apprêtait à revenir livrer bataille. Mais était-ce vraiment une bonne nouvelle ? Ne disait-on pas aussi qu'il était résolu à incendier ce qui restait de la ville, de peur que les Anglais puissent s'y retrancher et y passer l'hiver.

Pierre quitta Québec trois jours après la bataille. Comme il n'était pas très sûr de revenir un jour, il retourna rue Buade et constata avec satisfaction que les caves du magasin avaient été épargnées. Avant le siège, il avait pris soin d'y dissimuler une cassette remplie de pièces d'or qu'il récupéra en prenant soin de coudre les pièces dans sa ceinture. Ensuite, vêtu d'un capot de laine et armé d'un pistolet d'officier acheté dans la rue pour quelques sous, il gagna la porte du Palais, la seule qui n'était pas barricadée en permanence.

Au-delà des faubourgs, les misères de la guerre s'étalaient dans toute leur désolation. Ce n'était que fermes abandonnées, bâtiments brûlés, champs saccagés, prés en friche jonchés de carcasses d'animaux morts et souvent dépecés sur place par les rôdeurs. Parfois craintives, des femmes en haillons s'approchaient de la route, traînant par la main leurs marmots. Elles suivaient un moment les passants à distance, puis, quand elles voyaient qu'elles n'obtiendraient ni argent ni miettes, elles abandonnaient.

Pierre n'avait pas mangé depuis deux jours et la faim le tenaillait. À une demi-lieue en amont de la rivière Saint-Charles se dressaient une boulangerie et un moulin dont les ailes immobiles ne portaient plus que des lambeaux d'entoilage qui claquaient au vent. Une bande de soldats furieux encerclaient la place et les plus enragés étaient en train d'enfoncer la porte du magasin.

— Ouvre, mon maudit ! On sait que tu as cuit ce matin.

Pierre s'approcha, attiré par la bonne odeur de pain frais qui flottait encore dans l'air.

— Que se passe-t-il ?

— Le bonhomme refuse de nous vendre son pain. Il ne veut pas de monnaie de papier. Il n'accepte que de l'or.

Sous les chocs répétés, l'huis finit par céder et les soudards s'engouffrèrent dans la maison. Des insultes furent échangées. Des meubles, fracassés. Un cri atroce retentit.

Les trois ou quatre soldats qui avaient pénétré à l'intérieur ressortirent les bras chargés de miches de pain. Le dernier avait un sabre ensanglanté au poing. Excités, ils passèrent devant Pierre qu'ils dévisagèrent en ricanant, avec dans l'œil une lueur de férocité bestiale.

Pierre à son tour entra dans la boulangerie. Il recula, horrifié. Un corps décapité gisait sur le sol. Celui du boulanger. Comble d'horreur, la tête du malheureux avait été placée au sommet d'une pile de pains encore chauds[3].

Pierre réprima un haut-le-cœur, mais il était trop affamé pour faire demi-tour. Il tenta de dégager une miche de deux livres souillée de sang. La tête en équilibre précaire bascula et roula à terre. Pierre la ramassa en la tenant par les cheveux et la remit en place.

Il fit ensuite un pas vers la sortie, se ravisa, fouilla dans ses poches et revint déposer quarante sols sur le comptoir du boulanger.

Il y avait tant de monde à l'Hôpital général qu'on avait dû loger des familles entières dans les granges et les étables qui faisaient partie du domaine des religieuses. L'hôpital lui-même débordait de soldats blessés, français comme anglais, qui gémissaient sur des lits de fortune. Et chaque jour arrivaient de nouvelles civières. L'odeur était abominable. Odeur de sang, de sueur, d'urine et de pourriture.

Pierre traversa plusieurs salles avant qu'une hospitalière de l'Hôtel-Dieu[4] ne lui demande

3 L'anecdode est historique.

4 Les religieuses de toutes les congrégations avaient trouvé refuge à cet endroit.

de l'aider à ôter de sa couche un soldat mort dans la nuit pour y allonger un sergent qui venait d'être amputé d'un bras et qui pleurait comme un enfant en appelant sa mère.

— Passez-moi la charpie, ordonna la religieuse en s'essuyant les mains sur son tablier taché de rouge.

— Excusez-moi, ma sœur, mais savez-vous si mademoiselle de Tilly se trouve ici.

L'hospitalière poussa un soupir de découragement.

— Jeune homme, savez-vous combien nous abritons de gens : près de six cents. Allez donc plutôt me remplir cette cuvette d'eau et épongez-moi le sang, là, sur le carrelage.

Pierre s'exécuta. Puis, remarquant au chevet des malades voisins quelques Ursulines, il continua son interrogatoire :

— Et mère Migeon de la Nativité, est-elle avec vous ?

— Oui, répondit une novice, presque toute la communauté a déménagé ici depuis que notre couvent a été bombardé.

— Pensez-vous que je pourrais la voir ?

La religieuse remonta ses manches pour mieux immobiliser un blessé gravement brûlé qui hurlait comme un damné.

— Oui, si vous me donnez un coup de main avant que je ne devienne folle.

Québec se rendit le 18 septembre. Pierre était occupé à lire la lettre que mère Migeon lui avait remise de la part d'Amélie, quand les troupes anglaises envahirent l'hôpital.

La lettre, rédigée d'une écriture nerveuse, disait :

Ce jeudi, 16 septembre

Mon bien-aimé,

Je confie cette lettre à mère de la Nativité qui t'aime bien et qui a parlé de nous à monseigneur. Celui-ci, paraît-il, t'a déjà rencontré et a plaidé auprès de mon frère pour que notre union soit bénie officiellement. François-Xavier a piqué une grande colère et a refusé net. Il a dit qu'il en appellerait au roi s'il le fallait et qu'il te ferait pourrir dans un cachot.

En attendant, il me fait surveiller nuit et jour par deux domestiques à sa solde et je n'ai pas le droit de sortir de la cellule où je suis enfermée. Mère Migeon de la Nativité a bien tenté de plaider ma cause auprès de lui. Il lui a montré les documents signés de monsieur l'intendant et du lieutenant général de police qui lui donnaient tout pouvoir sur ma personne et te désignaient comme un criminel et un suborneur.

Hier, ce monstre a fait irruption dans ma chambre et m'a intimé l'ordre de faire mes malles. Nous quittons Québec ce soir. Pour où ? Je ne sais. Montréal peut-être…

À moins que nous nous embarquions pour la France, comme le projettent nombre de ses amis qui disent que, puisque la colonie est perdue, il est temps de ramasser ses mises et de quitter la partie.

Pierre ! Pierre, ne m'abandonne pas ! Je t'aime. Je me languis de toi à en mourir ! Où es-tu ? Chaque jour, je m'informe si tu n'es pas parmi les blessés.

Ma vie est un enfer.

Adieu, mon amour !

Amélie

Pierre replia lentement la lettre et la glissa dans sa chemise, indifférent au brouhaha qui se répandait de salle en salle dans tout l'hôpital.

Les habits rouges avaient décidé d'occuper en partie les bâtiments pour y prendre leurs quartiers. Les malades, les blessés, les vieillards et les fous qui encombraient les lieux devaient vider leurs lits malgré les protestations des religieuses.

Un lieutenant-colonel, tricorne sous le bras, était justement en grande discussion avec mère Saint-Claude de Ramezay, la supérieure de l'hôpital.

— *I am sorry !* Ce sont mes ordres, s'excusait l'officier dans un français laborieux. Nous vous remercions d'avoir pris soin de nos hommes. Je vous garantis que mes soldats ne causeront aucun trouble. Vous pourrez continuer de faire dire la messe…

— Mais, monsieur l'officier, comment nourrirai-je toutes ces nouvelles bouches ? Je n'ai pas, comme notre Seigneur, le don de multiplier le pain et le vin, protesta la sœur.

— Je vous obtiendrai de la farine. Faites-moi une liste de ce que vous avez besoin !

D'emblée, il sembla à Pierre que cette silhouette trapue aux larges épaules ne lui était pas inconnue, mais il n'osa pas interrompre la conversation, d'autant plus que celle-ci avait pris un ton aigre-doux qui contrastait avec l'apparente civilité des paroles échangées.

Lorsque le lieutenant-colonel se retourna, Pierre eut la confirmation que son intuition était juste. Il était bien en présence du lieutenant-colonel Monroe, le commandant du fort William-Henry, qu'il avait sauvé du massacre deux ans auparavant. Rassemblant son courage, il osa l'aborder :

— *Sorry, sir…*

Le militaire plissa les yeux et dévisagea un moment l'importun. Puis son visage s'illumina et il se jeta dans les bras de Pierre à qui il donna l'accolade.

— *My dear friend ! What a pleasure to see you !* Comment allez-vous ?

Visiblement, le lieutenant-colonel Monroe était ravi et il rabroua vertement plusieurs sous-officiers venus le déranger, pour pouvoir parler plus à son aise avec Pierre. Il tenait surtout à lui parler de sa fille qui avait épousé un marchand de Philadelphie.

— Elle ne vous a pas oublié, ajouta-t-il, je vous l'assure. *Me too*. Que puis-je faire pour vous ?

Pierre lui conta en quelques mots comment il avait été séparé de celle qu'il aimait et quel ardent désir il avait de l'arracher aux griffes de son ignoble frère.

Le lieutenant-colonel se gratta la tête.

— Je vous signerais bien un laissez-passer pour vous rendre à Montréal. Mais c'est *very dangerous*. Les Français se regroupent à la Pointe-aux-Trembles[5]. Il construisent un fort à Jacques-Cartier et se retranchent sur les bords de la rivière. Si vous franchissez nos lignes, vous risquez qu'on vous tire dessus ou qu'on vous prenne pour un espion. Attendez un peu. Je ferai faire une enquête sur... Comment l'appelez-vous déjà ? Ah oui, le chevalier de Repentigny ! Je me souviens de lui, maintenant. Vous avez raison. *Not a gentleman, just a rascall.*

Au début d'octobre, après avoir bien pesé les risques, Pierre quitta Québec sous une

5 Aujpurd'hui, Neuville, en amont de Québec. À ne pas confondre avec le quartier de Montréal du même nom.

pluie glaciale. La veille, craignant que le fleuve ne prît en glace, la flotte anglaise avait levé l'ancre.

Pierre montra son sauf-conduit au grenadier qui montait la garde à la porte Saint-Jean. Les épaules enveloppées dans une couverture, celui-ci vérifia rapidement le document et courut se remettre à l'abri.

La première journée de son voyage, Pierre ne rencontra pas âme qui vive sur les chemins transformés en bourbier. La nuit le surprit sur un cap, au bord du fleuve non loin de Deschambault[6].

Le ciel était d'encre. Pas une lueur d'habitation en vue. Pierre, qui avait décidé de dormir à la belle étoile, chercha un endroit où le sol n'était pas trop détrempé. Il trouva une ferme incendiée dont il ne restait plus que la cheminée de pierre, à laquelle était accroché un appentis protégeant les restes d'un four à pain. Il s'installa dessous. Il voulut allumer un feu en battant son briquet. Il n'y parvint pas. Un vent froid sifflait à travers les ruines. Pierre tressaillit.

Tout à coup, dans une déchirure au milieu des nuages, la lune apparut, éclairant un bref instant les eaux noires du Saint-Laurent. Ce qu'il vit alors le stupéfia. Toutes voiles dehors

---

6 À environ 60-65 km de Québec.

et tous feux éteints, cinq navires – une frégate et quatre vaisseaux de transport –, descendaient lentement le courant. Cinq navires, arborant sur leur château arrière, le pavillon blanc de la France.

Bouche bée, Pierre regarda passer les vaisseaux qui, tels des fantômes, s'évanouirent dans les ténèbres aussitôt que les nuées repassèrent devant l'astre de la nuit.

Le spectacle était si extraordinaire que Pierre se demanda d'abord s'il n'avait pas rêvé. Il finit par comprendre. Profitant du mauvais temps, ce convoi, parti sans doute de Montréal, tentait de s'échapper et de gagner la haute mer en passant devant les canons de Québec, désormais aux mains des Anglais.

La manœuvre était risquée, mais elle pouvait réussir. Cette constatation amena Pierre à se poser une autre question. Que pouvaient bien transporter de si précieux ces bateaux pour prendre de tels risques ? Des hautes personnalités de la colonie tentant de retourner en France avec le fruit de leurs rapines ?

Une autre pensée lui vint. Et si Amélie était à bord d'un de ces navires... Et si son diabolique frère l'avait forcée à y monter pour l'éloigner à jamais...?

Il s'empressa de chasser cette idée insupportable.

XI

Montréal, 1760

Huit jours plus tard, à peine arrivé à Montréal, Pierre reçut la nouvelle comme un coup de massue. Contre versement d'un généreux pot-de-vin, de Repentigny s'était effectivement embarqué, avec «une jeune parente», sur le *Griffon*. Un des derniers navires à avoir quitté le pays. C'est ce qui était inscrit sur la liste des passagers obtenue des autorités du port.

Le coup fut si terrible que Pierre sombra dans une profonde dépression qui dura une bonne partie de l'hiver qu'il passa chez son oncle Zacharie.

Pierre n'avait jamais aimé Montréal. Malpropre, à l'étroit dans ses murs, c'était une ville à soldats, bruyante et indisciplinée, où il fallait se battre pour se frayer un passage sur des trottoirs défoncés. Des vaches, des chevaux et des porcs erraient librement dans les rues boueuses et, plus encore qu'ailleurs, l'odeur d'excréments et de tripaille pourrie y était insupportable.

Depuis la chute de Québec et le repli dans la place de l'armée de Lévis, du gouverneur Vaudreuil, de l'intendant et de monseigneur l'évêque, la ville se donnait des allures de capitale. Fêtes, bals incessants, jamais la vie sociale n'y avait eu un tel lustre. Quant aux affaires, elles non plus n'avaient jamais été aussi florissantes. Ces milliers d'hommes de troupe à nourrir et à rééquiper en vue de la future contre-attaque du printemps, quelle aubaine ! Les prix avaient triplé et l'intendant Bigot avait signé, disait-on, pour pas moins de trente millions de livres en billets au nom du roi. Tout se vendait avec frénésie : échelles de siège, raquettes, bois pour construire les trois cents vaisseaux qui devaient permettre de descendre le fleuve et de reprendre Québec. L'oncle de Pierre, commerçant futé, n'avait-il pas réussi à refourguer à l'armée pour trois cent mille livres de bottes sauvages qui traînaient dans ses entrepôts et dont il ne savait trop que faire ?

Pierre se montra d'abord peu intéressé par le négoce ; néanmoins, comme son défunt père avait des parts dans la compagnie de son oncle, il se trouvait, sans le savoir, à la tête d'une fortune considérable.

— Qu'importe l'issue de cette guerre, lui expliqua le vieux marchand, enveloppé dans sa robe de chambre devant un bon feu. Si ce sont les Français qui la gagnent, le roi devra honorer ses dettes pour que le commerce reprenne. Si ce sont les Anglais, ils auront besoin de nous pour gouverner ce pays. La seule patrie des gens comme nous, c'est l'argent. Retiens cela, mon neveu. Si tu désires te venger de ton chevalier, inutile de risquer ta vie à le traquer, comme tu l'as fait jusqu'à présent. Commence par le ruiner.

Le vieil homme s'était interrompu pour siroter sa tasse de chocolat chaud et ajouter une bûche dans le foyer.

— J'écrirai, si tu le veux, au ministre, monsieur Berryer. C'est un ami personnel. Je lui toucherai aussi deux mots de la belle Amélie de Tilly. Il a l'oreille de la favorite et comme Sa Majesté aime beaucoup le genre d'histoire comme la tienne, il en sera sans doute informé et t'aidera peut-être.

Pierre fut forcé d'admettre que son oncle n'avait pas tort. Aller se battre aux côtés de pauvres bougres lui avait-il servi à quelque chose ? Il fallait, pour triompher, voir les choses de plus haut, être du bord de ceux qui mènent le jeu, ruser et manipuler comme eux, sans jamais perdre de vue son intérêt personnel.

Durant le reste de l'hiver, Pierre s'oublia donc lui-même en aidant son oncle dans ses transactions commerciales. Capotes trouées, couvertures usées, poudre à canon éventée, farine pleine de charançons, l'intendant et ses sbires étaient prêts à acheter n'importe quoi pour le revendre au roi à des prix faramineux.

Discret et diligent, Pierre, à la grande satisfaction de son oncle, devint rapidement dans ce domaine un intermédiaire apprécié, se faisant au passage de nombreux amis influents dans les hautes sphères du pouvoir. Il n'y avait rien à son épreuve. Même de faire sortir de Québec, au nez et à la barbe des Anglais, des tonneaux d'eau-de-vie destinés à étancher la soif de toute cette soldatesque qui occupait Montréal et qui se montrait chaque jour plus difficile à contrôler.

Nourrir une armée, c'est un peu comme laisser un vol de corneilles picorer dans un champ de maïs. Malgré tous les efforts déployés, comme à Québec l'année précédente, le bœuf, le lard et la farine commencèrent à manquer à Montréal.

L'oncle Zacharie prévint alors son neveu qu'il valait mieux, momentanément, se retirer des affaires plutôt que d'être reconnu complice de trafics de plus en plus douteux qui commençaient à se multiplier.

— Je ne veux pas croupir dans une cellule de la Bastille, jusqu'à la fin de mes jours. C'est ce qui attend les fripons qui nous gouvernent, ajouta le vieillard.

Sage décision, car, dès février-mars, le gouverneur commença à faire ratisser les campagnes à la recherche de vivres, faisant accompagner les commis du munitionnaire Cadet par des soldats en armes. Les étables furent vidées. On amena les cochons. Puis ce furent les marmites de fer et les ballots d'étoffes du pays qu'on arracha aux habitants en colère. Chaque nouvelle spoliation brutale creusait encore davantage le fossé entre les Canadiens de souche et les Français de France, perçus comme une deuxième armée d'occupation sur laquelle il ne fallait plus compter. Car, pour les colons, il était manifeste que la guerre était perdue. Alors, pourquoi prolonger les misères découlant de ce conflit ? Pour satisfaire l'orgueil de quelques officiers en mal de gloire et d'avancement ? Pour enrichir une poignée de profiteurs ?

Le tissu même de la société de la Nouvelle-France commençait à se démailler.

Ce furent d'abord les sauvages qui plièrent bagage et passèrent aux Anglais. Ensuite, ce fut le tour des miliciens qui reprirent le chemin de leurs fermes, tant et si bien que, lorsque l'armée de Lévis quitta Montréal en avril pour reconquérir Québec, elle comptait à peine trois mille hommes et ressemblait plutôt à une horde déguenillée qu'à une vraie force combattante.

Huit jours plus tard, après avoir bravé une effroyable tempête et marché dans la neige jusqu'à mi-jambes sous une pluie glacée, cette armée était à la Pointe-aux-Trembles et battait pourtant les habits rouges, le 28 avril, au cours de la sanglante bataille de Sainte-Foy.

L'oncle de Pierre, par on ne sait quel truchement, avait reçu une lettre d'un de ses correspondants de Québec qui faisait le récit de cette ultime tuerie. Il la lut à haute voix après dîner.

— Ça nous vient de monsieur Normandin. Vous vous souvenez de lui ? dit le négociant en levant les yeux sur son épouse qui venait de s'installer dans sa bergère, les deux pieds sur une bouillotte.

— Le négociant en vin du Sault-au-Matelot ?

— Lui-même. Il dit que l'hiver a été terrible. Écoutez ça, ma bonne, et vous aussi, mon neveu. Posez votre plume.

Pierre ferma le livre de comptes sur lequel il était en train de travailler.

L'oncle Zacharie en profita pour sortir sa tabatière et priser une pincée de tabac. Puis, après avoir réajusté ses bésicles sur le bout de son nez, il reprit sa lecture :

Depuis que les Anglais sont dans Québec, les affaires ont pris du mieux. Monsieur Murray, leur général, paie en argent comptant tout ce que nous leur vendons. Il faut dire que, par les grands froids qu'il y a eu, ses soldats manquent de tout. Faute de vêtements chauds, ils s'habillent de fourrures diverses, enfilées par-dessus leurs uniformes, et s'enveloppent les pieds de guenilles, si bien qu'ils ressemblent à des Lapons. Il en est mort beaucoup du scorbut, pour avoir mangé trop de sel et de nourriture gelée. La terre était si dure qu'on a dû les enterrer dans les bancs de neige. Ils étaient tout noirs et le ventre gonflé.

Ce printemps, nous avons cru que les Français et nos Canadiens venus de Montréal pourraient s'emparer de nouveau de la ville. Mais la population n'a pas bougé. Les gens sont las de cette guerre. Les Anglais, qui craignaient un soulèvement, nous ont tout de même fait expulser de la ville et ont monté cent quarante canons de gros calibre sur les murs pour soutenir le siège. Effort bien inutile, car la bataille s'est jouée à l'extérieur. Elle a duré trois heures. On s'est étripé à la baïonnette et les nôtres ont eu le dessus, sans que monsieur de Lévis soit capable d'exploiter son avantage. Il a ordonné qu'on creuse des tranchées au lieu de pénétrer sur-le-champ dans la ville, dont les portes sont restées grandes ouvertes pendant huit heures. Tant de stupidité chez nos chefs militaires laisse pantois !

Depuis, on s'échange des coups de canon, même si dans Québec il ne reste plus rien à démolir. Mince consolation : les boulets français ne font pas grand dommage. Ils n'explosent pas. La poudre en est trop mouillée.

En attendant, nos braves religieuses soignent toujours les blessés de cette inutile tuerie avec autant de dévouement. L'une d'elles m'a dit qu'on ne voit plus à l'hôpital que bras et jambes coupés et que le linge pour les pansements fait si cruellement défaut que ses sœurs et elle-même ont dû sacrifier leurs draps et jusqu'à leurs chemises. Ce dont monsieur Murray leur a été reconnaissant.

En fait ni les Anglais ni les Français n'ont la force de remporter une victoire décisive. Le sort de la guerre se jouera ailleurs : à Versailles et à Londres. Le Canada sera au souverain qui y enverra le premier des renforts. C'est pourquoi les deux armées attendent que le fleuve soit libre de glace et guettent l'horizon pour savoir quel drapeau flottera aux mâts du premier navire qui jettera l'ancre devant Québec. Fleur de lys ou croix de saint Georges ?

Voilà où nous en sommes. En attendant, sachez que je ferai de mon mieux pour veiller à nos intérêts. Je reste votre très dévoué serviteur.

N. Normandin

— C'est tout ? s'étonna la tante de Pierre en se mouchant bruyamment, après s'être essuyé les yeux avec son mouchoir.

Le vieil homme retourna la lettre et rajusta de nouveau ses lunettes.

— Non. Il y a un post-scriptum daté du 9 de mai. Seulement, je n'arrive pas à lire. Tiens, Pierre, tu as de meilleurs yeux que les miens.

Le jeune homme prit le feuillet et approcha le chandelier qui éclairait le bureau, sur lequel étaient disposés les livres de comptabilité de son oncle.

— Il y est écrit :

Ça y est, nous savons. La frégate anglaise Lowestoffe *a mouillé ce matin dans la rade et salué de vingt et un coups de canon le drapeau britannique qui flotte sur le haut du cap. Officiers et soldats anglais ont grimpé sur les parapets et ont acclamé l'équipage du vaisseau en jetant leur chapeau en l'air et en poussant des vivats pendant une heure. Les pièces d'artillerie ont tonné toute la journée. C'est la fin !*

Pierre replia soigneusement la lettre et la remit à son oncle qui l'approcha des chadelles jusqu'à ce qu'elle s'enflamme et se consume entièrement entre ses doigts.

Pour l'ancienne colonie française, la fin ne fut qu'une lamentable agonie à laquelle Pierre, comme bien des Canadiens, assista sans surprise ni peine démesurée.

Monsieur de Lévis fut forcé de lever le siège de Québec et de se replier, ne ramenant à Montréal que de maigres bataillons qui fondaient chaque jour à la suite des désertions.

Plus rien n'avait de sens. D'un côté, les soldats français parcouraient les campagnes, pillant et recherchant les déserteurs qu'ils menaçaient de pendre. De l'autre, les habits rouges affichaient dans les mêmes villages des placards de pardon pour protéger les habitants qui avaient fait serment d'allégeance à Sa Majesté George II et boutaient le feu aux maisons des miliciens qui avaient refusé de déposer les armes et de rentrer chez eux. Ce cauchemar finirait-il un jour ?

Quatre mois plus tard, trois armées et dix-huit mille hommes encerclaient Montréal. Les dernières défenses de l'Île-aux-Noix et de fort Saint-Jean étaient tombées ou avaient été volontairement livrées aux flammes.

Le 6 septembre, des fenêtres de sa chambre, Pierre aperçut un grand feu qui embrasait l'île Sainte-Hélène au milieu du fleuve. Un domestique entra avec un plateau, sur lequel étaient déposés un flacon de Madère et un verre de cristal.

— De la part de votre oncle, dit le serviteur.

— Et c'est pour fêter quoi ?

Le domestique désigna du menton le brasier lointain qui rougissait le ciel.

— C'est monsieur de Lévis qui brûle ses drapeaux sur l'île. La guerre est terminée.

Deux jours après, Montréal capitulait à son tour sans même obtenir les honneurs de la guerre pour la petite armée de loqueteux qui campait encore sous ses murs et dans ses faubourgs.

Dans les quinze jours qui suivirent, Pierre ne resta pas inactif. Deux navires anglais, selon les accords signés, devaient rapatrier en France monsieur le gouverneur Vaudreuil, l'intendant Bigot et tous les administrateurs de la colonie. Il fallait qu'il soit du voyage s'il voulait retrouver Amélie.

Grâce au laissez-passer du colonel Monroe et aux contacts de son oncle, il réussit sans trop de difficultés à obtenir une audience auprès du général Murray. Coiffé d'une perruque blanche et revêtu de son uniforme rouge à parements dorés, le nouveau gouverneur écouta Pierre gravement. Puis il prit une plume d'oie et gribouilla un billet sur lequel il répandit un peu de poudre qu'il souffla avec précaution.

— Tenez, jeune homme, dit le général qui parlait un français parfait. Je sais ce que mon ami le lieutenant-colonel Monroe vous doit. Il vous a dépeint comme un homme d'honneur. Voilà donc votre autorisation d'embarquer sur la *Fanny* qui appareille le 21. Je vous souhaite bonne chance !

Lorsque Pierre grimpa l'échelle pour monter à bord de la frégate qui devait le conduire en France, une armada de barques entourait déjà le navire. Elles transportaient des meubles, de la vaisselle, des ballots de fourrures et tous les effets précieux que l'intendant Bigot avait obtenu l'autorisation d'emporter.

— Attention à mes dames-jeannes et à mes caisses de champagne ! s'énervait le petit homme bedonnant, entouré de trois jolies femmes en robes de satin de soie, parmi lesquelles Pierre reconnut madame Péan.

Le navire fut enfin prêt à faire voile. Des coups de sifflet retentirent.

Pierre s'accouda au bastingage, se désintéressant du babillage de ces dames qui agitaient sans arrêt leurs éventails. Il regarda les gabiers grimper dans la mâture et les marins torses nus qui, attelés au guindeau, peinaient à virer l'ancre. Les voiles se déployèrent en claquant au vent et la *Fanny* quitta le port.

La traversée fut affreuse. Un vent de nordet souffla pendant trois semaines et, huit jours après son départ, le navire avait à peine doublé Batiscan. Puis une tempête terrible fit rage aux abords de l'île Royale*, si bien que monsieur Bigot et son sérail passèrent le plus gros du voyage à vomir dans leur cabine.

Dès qu'il le pouvait, Pierre sortait respirer la brise marine à pleins poumons, n'hésitant pas à s'aventurer sur le pont, même par gros temps. Toute cette eau furieuse qui balayait le vaisseau et ce souffle formidable qui lui fouettait le visage le revivifiaient et le lavaient de la souillure pour faire de lui un homme nouveau, prêt à assumer pleinement sa destinée.

Quarante jours plus tard, après avoir attendu en haute mer l'autorisation des autorités françaises, la *Fanny* entrait en rade de l'île de Ré.

XII

Pondichéry, 1765

Les Indes ! Il fallut à Pierre plus de quatre ans de recherches, de démarches et de longues heures d'attente dans les antichambres du ministre de la Marine et les bureaux de l'administration coloniale pour apprendre enfin où le chevalier de Repentigny s'était enfui avec Amélie.

À Paris comme à Versailles, être Canadien, même muni des meilleures recommandations, ne vous ouvrait pas pas toutes les portes. Loin de là ! Le roi, disait-on, était fort en colère des trente-sept millions de lettres de créance qu'il était supposé honorer et il s'apprêtait à faire arrêter par monsieur de Sartine, son lieutenant général de police, pas moins de cinquante accusés de retour du Canada, parmi lesquels Vaudreuil, Bigot et Cadet, « pour abus, vexations et prévarications commis en Nouvelle-France ».

Partout, il n'était question que de ces millionnaires de retour du Canada et qu'on s'était empressé de baptiser « la bande des quarante voleurs ».

Monsieur Berryer avait finalement reçu Pierre. Ancien policier, le ministre avait des espions partout et des dossiers sur tout le monde. Quand Pierre lui présenta la lettre d'introduction de son oncle, il sourit derrière son bureau d'acajou doré et se fit amener un gros portefeuille de cuir rouge dont il tira plusieurs documents qu'il parcourut rapidement d'un œil exercé. Il hocha la tête.

— L'homme que vous recherchez est un fin renard. Je vois ici, qu'en faisant valoir ses états de service dans la défense de la colonie, il a obtenu du roi sa lettre de grâce, scellée du grand sceau de cire verte avec lacs* de soie rouge et vert. Quant à l'argent qu'il a volé en Canada, il l'a réinvesti dans la Compagnie française des Indes. Il s'est embarqué en qualité de major général des troupes de l'Inde et major de la place de Pondichéry.

Sur le coup, Pierre reçut la nouvelle avec découragement, mais le ministre, après l'avoir fait languir un bon moment, le regarda droit dans les yeux et lui dit :

— Traquer son homme du Canada jusqu'ici, je vous admire, jeune homme. Avez-vous déjà chassé le loup ? Ruse et patience. La bête n'est pas facile à piéger. Pourquoi n'allez-vous pas là-bas. J'ai moi-même investi quelques deniers aux Indes. Je vous donnerai un pouvoir d'enquête. Vous connaissez les subtilités de la comptabilité. Vous me ferez rapport en même temps sur ce qui se brasse de louche là-bas.

Malheureusement, le départ de Pierre fut retardé à plusieurs reprises et les mois passèrent, puis les années.

Ce qui se produisait aux Indes, d'après ce qu'on en avait appris par les courriers, était rien de moins qu'alarmant. Le comte de Lally, qu'on y avait envoyé pour défendre les comptoirs français contre les Britanniques et leurs alliés locaux, avait réussi à se mettre à dos tous les nababs et les prêtres hindous du Dekkan. Résultat, cette brute bottée n'avait pu reprendre Madras. Ses soldats, las d'attendre leurs soldes, s'étaient mutinés, et

Pondichéry, après cinq mois de siège[1], était tombé.

Or, la nouvelle de cette capitulation ne parvint en France que cinq mois plus tard. La mort dans l'âme, Pierre dut alors remettre son départ à plus tard. Puis, à l'automne de la même année, le portefeuille de la Marine échut au duc de Choiseul, ce qui le força à reprendre toutes ses démarches et à solliciter les instructions du nouveau ministre.

Requêtes, attentes dans les bureaux, entrevues sans cesse reportées, Pierre ne comptait plus le nombre de fois qu'il avait dû prendre le coche pour Versailles et faire la queue devant les grilles du château, au milieu d'une file de carrosses remplis de solliciteurs de toutes espèces. Et une fois dans l'enceinte du palais, quelle effroyable cohue !

Chaque fois, Pierre revenait un peu plus déprimé.

Au cours de l'année suivante, vingt fois il crut qu'on allait enfin le recevoir. Vingt fois il trouva porte close ou se heurta à quelque scribouillard buté qui l'invitait à revenir plus tard. Il devint ainsi presque un habitué du château. Un jour, dans le parc, il crut même apercevoir le roi qui revenait de la chasse, suivi de sa meute de chiens.

---

1 De septembre 1760 au 18 janvier 1761.

Il attendit des mois.

Enfin, au début de l'année 1763, un messager tout de bleu vêtu lui apporta une convocation. Une voiture, timbrée aux armes de France, les rideaux fermés, le conduisit dans un hôtel discret, où on le fit entrer à la lueur des flambeaux. On l'introduisit ensuite dans un cabinet à peine éclairé. Quatre hommes aux allures de conspirateurs l'y attendaient. Que lui voulait-on ? Il était évident que ces gens n'appartenaient pas au ministère. Qui étaient-ils ?

L'un d'eux lui tendit une lettre cachetée.

— Monsieur, vous demandiez à partir pour les Indes. Vous voilà enfin exaucé. La paix est signée et l'Angleterre vient de nous rendre Pondichéry et Karikal en Coromandel, Yanaon en Orissa, Chandernagor au Bengale et Mahé à l'ouest de la péninsule du Dekkan.

— Nous avons besoin d'un homme de confiance pour y voir, continua un des autres mystérieux personnages. Monsieur Berryer vous tenait en haute estime. C'est pourquoi nous vous avons choisi. Vous ferez le ménage là-bas et surveillerez la nouvelle administration que nous y avons installée, notamment ce monsieur de Repentigny qui, semble-t-il, vous intéresse particulièrement. Vous aurez tout pouvoir et n'aurez de compte à rendre qu'à Sa Majesté.

Pierre s'inclina. Il prit le document et se retira en marchant à reculons.

— Évidemment, rien ne devra transpirer de cette conversation hors d'ici.

Le jeune Canadien s'inclina de nouveau en balayant le sol de son tricorne. Juste avant de franchir la porte, il remarqua qu'un seul des hommes n'avait rien dit. Un seigneur en robe de chambre, à l'air un peu hautain, qui était resté accoudé au manteau de la cheminée pendant toute l'audience.

À l'extérieur, Pierre fut saisi d'un doute. Le visage de ce noble lui était familier. Il tira une pièce de son gousset et regarda le profil qui y était gravé. C'était le même. Le roi, Louis le quinzième, en personne !

Pierre dut s'asseoir sur une banquette pour ne pas perdre connaissance.

Rentré à son hôtel, il ouvrit son ordre de mission. Il était signé simplement : LOUIS, et, un peu plus bas, figurait trois des noms les plus redoutés du royaume. Ceux de Louis-François de Bourbon, prince de Conti, de Jean-Pierre Mercier et de Charles-François, comte de Broglie. Les trois membres du très secret Cabinet noir[2].

---

2 Le Cabinet noir ou « Secret du Roi » était le service d'espionnage de Louis XV, qui ne relevait que de lui et constituait un véritable gouvernement parallèle.

Partie au printemps, cela faisait maintenant près de cinq mois et demi que la *Belle Poule*, une frégate de vingt canons, avait quitté Lorient. Un interminable voyage à passer son temps à lire dans son étroite cabine de la dunette, à jouer aux cartes avec les autres passagers, à apprendre des rudiments d'hindoustani et à discuter à la table du capitaine.

— Les Indes, monsieur, répétait celui-ci, c'était le rêve d'un seul homme, le marquis Joseph François Dupleix. Depuis son départ, la compagnie péréclite. Les Anglais ont déjà repris Madras, le Bihar, l'Orissa et le Bengale. Le reste leur tombera tout cuit dans le bec. C'est comme pour le Canada. Qui veut mourir pour Chandernagor ou Pondichéry ? Savez-vous ce que dit monsieur de Voltaire ? *Que les Indes ne servent qu'à allumer de grandes guerres et poudrer le nez de nos maîtresses*[3].

Las de ces discussions qui lui rappelaient trop celles, maintes fois entendues, de l'autre côté des océans, Pierre préférait la compagnie des marins ou, à défaut, le caquetage des

3 On importait des Indes des produits cosmétiques, notamment de la poudre de riz.

poules et le grognement des porcs dont les cages encombraient l'arrière du vaisseau.

Passé les îles Canaries, il avait cessé d'avoir le mal de mer et pouvait ainsi passer de longues heures à admirer la mer. Les soleils couchants, le long des côtes d'Afrique, étaient somptueux. Quand il s'ennuyait trop, il allait chercher son fusil et, en compagnie d'un enseigne avec qui il s'était lié d'amitié, il s'amusait à tirer sur les requins. Ou encore il jouait avec les enfants des fonctionnaires embarqués, en particulier un blondinet espiègle et une fillette aux yeux vifs qui lui rappelait Toinette.

Après une forte tempête essuyée à l'approche du cap de Bonne-Espérance, la traversée s'effectua sans histoire, si on excepte le calme plat qui immobilisa le navire au milieu de l'océan Indien. Une saute de vent qui perdura une semaine sous un soleil de plomb et fit d'autant plus pâtir l'équipage que le vaisseau venait de relâcher à l'île Bourbon*, dont chacun gardait le souvenir ensorcelant d'un véritable paradis tropical.

Dévasté par la guerre qui lui avait rasé une partie de son enceinte fortifiée et de sa ville blanche[4], le comptoir Pondichéry, depuis qu'il avait été restitué à la France par traité, s'efforçait de renaître de ses cendres et de retrouver son prestige passé.

Contrairement à Québec, la place, de prime abord, n'impressionnait guère. Ancien village de pêcheurs de la côte brûlante et désertique de Coromandel, sans aucune défense naturelle. Pondichéry était bâti sur le bord d'une plage inaccessible aux vaisseaux qui ne parvenaient pas à franchir la barre et devaient mouiller au large. La ville était séparée en deux par un canal parallèle au littoral que la mer nettoyait de ses ordures à chaque marée. À l'ouest se trouvait le quartier tamoul avec ses maisons de plaisir, ses marchands d'huile et d'arack, son bazar, ses ateliers de tissage de coton, ses forges bruyantes, ses tavernes et ses tanneries puantes. Un inextricable lacis de ruelles poussiéreuses et une véritable ruche de petites maisons mal crépies, avec leurs terrasses et leurs minuscules jardins intérieurs. À l'est, la ville européenne avec ses avenues rectilignes, ses maisons cossues de stuc blanc, ses entrepôts, l'église des Jésuites, Notre-Dame-des-Anges, le palais de l'ancien gouverneur et la masse ocre rouge du fort qui s'ouvrait sur l'océan par sa monumentale

4 Quartier européen.

porte Marine. D'un côté, une masse fourmillante d'enfants pouilleux, dormant à même le sol, de vieillards ôtant leurs draperies jaunes pour faire leurs ablutions tout nus dans la rue, de femmes en saris portant leurs sacs et leurs paniers sur la tête, de petites danseuses aux dents rougies par le bétel* qui s'offraient pour une poignée de riz, d'artisans enrubannés, travaillant accroupis parmi les vaches, les poules et les cochons en liberté. De l'autre, des rues vides, bordées de demeures princières aux lourdes portes de cèdre clouté, avec des balcons ciselés, des pavillons de marbre, des volières remplies de perruches, des jardins fleurant le jasmin et le vétiver et des parcs ombragés où se pavanaient des paons criards. Et dans ces luxueuses demeures, entourés d'armées de serviteurs balançant des palmes ou agitant des queues de cheval pour chasser les mouches, les fonctionnaires et les agents de la compagnie, assis dans leurs fauteuils de rotin. Les hommes, habillés à l'indienne de pantalons bouffants et de robes de brocart, discutant des cours du safran, du thé, du coton, des épices et de l'argent à faire avec les diamants de Golconde ou du trafic des miroirs et des fusils dont raffolaient tant les rajahs de la région. Les femmes, vêtues, elles, à la française et bavardant entre elles en agitant leurs éventails au-dessus de leurs décolletés trempés de sueur. Un monde oisif que la chaleur étouffante rendait irritable.

Le lendemain de son arrivée, Pierre se présenta au gouverneur qui revenait d'une visite chez un potentat local. Le cortège dépassait en luxe tout ce qu'on pouvait imaginer. Une douzaine de domestiques ouvraient la marche, armés de bâtons pour écarter la populace, puis venaient des lanciers sur des chevaux blancs et un porteur de parasol précédant six colosses soutenant un palanquin d'ivoire, suivi d'un peloton de soldats et de cipayes*, encadrant un énorme éléphant de parade caparaçonné d'or, aux défenses peintes en bleu et rouge. Un dignitaire emperruqué, le torse surchargé de cordons et de médailles, en descendit.

C'était le commissaire du roi, Law de Lauriston, qui agissait comme gouverneur. Pierre lui remit ses lettres de mission. Le représentant officiel de Sa Majesté les saisit distraitement, mais il pâlit dès qu'il en eut pris connaissance. À presque chacun de ses doigts, l'homme portait des bagues ornées de diamants et de saphirs bleus.

— Fort bien, monsieur, opina le gouverneur en esquissant une moue qui se transforma instantanément en sourire hypocrite, nos livres vous sont ouverts. Je donnerai des ordres à notre intendant qui se mettra à votre disposition. Mais vous devez être fatigué. La chaleur d'avant la mousson est insupportable, n'est-ce pas ? Et cette poussière rouge qui vous empêche de respirer... Au fait, avez-vous trouvé où vous loger ? Non ? Venez au palais. Vous verrez, au bord de la mer, il fait toujours plus frais.

Pierre refusa, prétextant qu'il avait déjà loué une chambre dans une auberge de la ville noire[5].

Fort de l'expérience acquise auprès de son oncle Zacharie, le jeune Philibert ne prit pas de temps à voir clair dans les finances du territoire. Ce n'était qu'escroqueries, magouilles de bas étage, dilapidations éhontées, détournements de fonds, fausses écritures, pots-de-vin, spéculations et trafics en tous genres qui impliquaient la presque totalité des administrateurs, y compris le nouveau gouverneur. Le nom de Repentigny revenait très souvent et Pierre en vint à la conclusion qu'à côté de la rapacité de ces gens, les exactions de monsieur Bigot en Canada n'étaient que broutilles. Il faut dire que les marchandises

5 Quartier indien.

n'étaient plus les mêmes. Il ne s'agissait plus de peaux de castor ou de morues séchées mais d'épices, de thé, de mousseline et de diamants. Une vraie caverne d'Ali Baba pour tous ces aventuriers venus d'Europe dans un seul but : s'emplir les poches au plus vite.

Au bout de quinze jours de vérifications comptables, Pierre avait assez de preuves incriminantes contre le chevalier et les autres pour les faire tous embastiller. Le gouverneur, bien entendu, n'était pas sans savoir le danger que représentaient les résultats de cette enquête.

Il convia donc Pierre à son palais.

— Comment allez-vous, cher ami ?

Habitué aux pierres grises et au décor frustre des maisons de Québec, Pierre ne répondit pas tout de suite, ébloui par le luxe inouï des lieux. Meubles incrustés d'ivoire et de nacre, colonnes et arabesques de marbre blanc, murs de stuc, ornés de carreaux de faïence multicolores, tapis persans et peaux de tigre. Tout respirait ici l'opulence.

— Asseyez-vous ! Asseyez-vous ! insista le gouverneur en lui désignant un divan aux coussins moelleux, pendant que lui-même s'installait dans une sorte de trône dont le dossier épousait la forme d'une queue de paon déployée, sertie de pierres précieuses.

Le haut fonctionnaire, visiblement heureux de l'effet produit sur son hôte, frappa dans ses mains, et aussitôt entrèrent en silence des musiciens joueurs de vînâ* et de flûtes de bambou, suivis d'une jeune servante qui présenta à Pierre un plat de pistaches et de biscuits sucrés. Le nez orné d'un bouton d'argent et le front marqué d'un point rouge, elle avait le teint foncé et les cheveux tressés en une lourde natte. C'était presque encore une enfant. Elle était très belle. Quand elle se pencha, son boléro s'entrouvrit et Pierre vit ses petits seins menus. Il la remercia. Elle s'inclina, les mains jointes sur la poitrine, puis sortit en ondulant des hanches et en faisant tinter ses nombreux anneaux de cheville. Une autre fille, tout aussi jolie, apporta à son tour un plateau chargé de viandes et de fruits qu'elle déposa sur des feuilles de bananier.

— Elles sont superbes, n'est-ce pas ? lui glissa à l'oreille le gouverneur. Tenez, servez-vous. Mais faites attention au curry. Il brûle tellement le palais que les gens d'ici s'en servent parfois pour masquer le goût du poison qu'ils mêlent à vos aliments.

Pierre, qui venait d'avaler un morceau de poulet épicé, eut un mouvement de recul.

Le gouverneur le rassura :

— Je plaisantais, évidemment. Alors, monsieur Philibert, où en sont vos vérifications ? Tout va comme vous le voulez ?

Une pointe d'inquiétude perçait dans la voix du commissaire du roi.

Imperturbable, Pierre fit un rapport précis de ses découvertes comptables.

Son interlocteur devint livide.

Pierre poursuivit :

— Je me suis intéressé tout particulièrement aux affaires de votre major, le sieur de Repentigny. Êtes-vous au courant des agissements de cet individu ?

Voyant là l'occasion de détourner l'attention et d'éviter d'aborder les écarts de sa propre administration, le gouverneur Lauriston s'empressa de dresser un portrait peu flatteur du chevalier.

— Cet homme nous a été imposé par la compagnie, dont il est un gros actionnaire. Je l'ai expédié loin d'ici, à Mahé, sur la côte de Malabar. C'est un colérique et un violent qui nous a mis à dos plusieurs rajahs et nababs locaux, qui ont juré de lui mettre la tête sur le billot et de la lui écraser sous la patte de leur éléphant favori. Mais ce n'est pas le plus grave…

Le gouverneur s'interrompit pour se verser un petit verre d'alcool qu'il vida cul sec en faisant claquer sa langue.

— Un vrai jus de serpent ! s'exclama-t-il. En voulez-vous ? C'est une sorte d'eau-de-vie à base de noix de coco et de noix de cajou.

Pierre fit un geste de refus et l'invita à poursuivre.

— Vous disiez qu'il y avait plus grave…

— Oui, ce sinistre individu ne respecte rien. Comme monsieur de Lally, il n'a rien compris à ce pays. Pour les gens d'ici, tout est sacré, même les singes et les rats. Or, savez-vous ce qu'il a fait au cours de la dernière campagne ? Il a osé s'attaquer à leurs prêtres, des brahmanes, qu'il a fait exécuter en les enchaînant à la bouche de nos canons. Quant à leurs temples, après les avoir pillés, il les a profanés volontairement en jetant à l'intérieur des tripes et des têtes de vaches sanguinolentes. C'est un fou !

— Un fou, peut-être. Un escroc, certainement. Si je me fie à mes calculs, rien qu'en ce qui concerne les fournitures de l'armée, il a volé le roi pour au moins cent mille livres. La fraude est considérable et je soupçonne qu'il a des complices…

Le gouverneur se servit un autre verre et sortit un mouchoir de dentelle pour s'éponger le front.

Voyant le désarroi grandissant de son interlocuteur, Pierre en profita pour lui poser la vraie question. La seule qui l'intéressait et qui justifiait sa présence dans ce bout du monde torride.

— Et, ce monsieur de Repentigny, vit-il seul ?

Le gouverneur parut étonné de cette demande.

— Non, une femme l'accompagnait quand il a débarqué, mais nul ne l'a revue depuis. Elle ne sort jamais. Elle souffrirait d'un mal mystérieux qui la tient à l'écart de la bonne société.

— Mensonge !

— Comment cela, vous connaissez cette dame ?

— C'est ma femme.

Trop heureux d'obliger Pierre, le gouverneur, après avoir écouté le récit de ce qui s'était passé au Canada, s'empressa de mettre à sa disposition un détachement de cipayes avec mission de perquisitionner la demeure du chevalier, d'arrêter au besoin le propriétaire, et de délivrer la malheureuse que celui-ci y séquestrait.

La maison désignée était située près du canal. C'était une villa entourée de hauts murs et de palmiers, qui avait appartenu à un riche négociant arménien.

Le guerrier sikh qui commandait la troupe des indigènes, un géant barbu de plus de six pieds, ébranla le portail de son poing. Un guichet s'ouvrit, dans lequel s'encadra le visage sec d'une vieille domestique qui se mit à débiter mille excuses sans toutefois se résoudre à ouvrir. L'officier indien roula des yeux furibonds et hurla de telles menaces dans sa langue que la lourde porte ne tarda pas à tourner sur ses gonds. Cimeterre à la main, les soldats s'éparpillèrent en courant dans les jardins, provoquant la fuite d'une nuée de serviteurs qui piaillaient à petits cris désespérés. Plus téméraires, plusieurs d'entre eux brandirent des poignards à longues lames ondulées et se précipitèrent sur les envahisseurs. Le géant sikh en pourfendit deux ou trois. Pierre en abattit un autre d'une balle en plein front.

— Par ici, *sahib,* cria un des cipayes.

Pierre suivit le soldat dans une grande salle où la lumière filtrait à travers de magnifiques panneaux ajourés. Dans un brûle-parfum se consumaient des bûchettes de bois de santal qui embaumaient l'air.

Pierre sentit les battements de son cœur s'accélérer. Au fond de la pièce, derrière une moustiquaire, une femme était couchée sur un lit de repos.

Pierre enfila son pistolet dans sa ceinture et fit signe aux hommes du gouverneur de le laisser seul.

Alertée par les rumeurs du combat et les bruits de pas, la femme se leva, vive et souple. Vêtue d'un caraco* et d'un pantalon de soie, quelqu'un d'autre aurait pu la confondre avec l'une de ces beautés hindoues qui abondent dans les zinanas* princiers. Pas Pierre. Cette silhouette gracieuse qui se dessinait à travers le voile translucide tendu devant lui, il sut à l'instant que c'était elle.

Derrière la moustiquaire, la jeune femme s'était figée, elle aussi. Pierre l'entendit pleurer et ses pleurs devinrent larmes de joie. Il écarta le mince tissu.

— Amélie, murmura-t-il, c'est moi.

Et Amélie resta là un long moment à le fixer des yeux, sans bouger, comme si elle avait peur qu'au moindre battement de paupières la miraculeuse apparition qu'elle avait devant elle pût s'évanouir.

Alors, Pierre la prit doucement dans ses bras. Elle posa sa tête sur son épaule en l'enserrant si fort qu'il crut qu'elle allait l'étouffer.

— C'est toi ! Mon Dieu, c'est toi !

Elle tremblait de tous ses membres. Il lui caressa le visage.

— Tu n'as plus rien à craindre. Je suis là.

Elle leva la tête et Pierre lut dans son regard une lueur de doute, mêlée d'effroi. Il l'embrassa. Ses lèvres étaient chaudes et, dès qu'il cherchait à se détacher d'elle, elle prolongeait le baiser avec l'avidité d'une enfant qui mord dans un fruit trop longtemps désiré.

Comme il la sentait encore apeurée, il lui jura que plus personne ne pourrait les séparer et, pour la rassurer tout à fait, il lui expliqua que, désormais, si quelqu'un devait craindre pour sa vie, c'était bien son frère.

— Il est perdu, ajouta-t-il. Si ce n'est pas moi qui le livre, c'est le gouverneur qui le fera emprisonner et le renverra en France, les chaînes aux pieds.

Ce soir-là, ils se promenèrent longuement sur la plage où des enfants se baignaient en riant. Elle lui conta comment François-Xavier l'avait forcée à quitter le Canada sous la menace. Comment il l'avait torturée, semaine après semaine, en lui faisant croire que l'homme qu'elle aimait avait été tué sur les plaines d'Abraham. Puis comment il était revenu à la charge en insinuant que son amant, s'il n'était pas mort, avait refait sa vie avec une autre. Elle lui expliqua aussi comment, à la mort de sa tante, il avait dilapidé l'héritage familial et fui ses créanciers et la justice en venant échouer sur cette terre lointaine où il avait continué ses exactions et ses jeux cruels.

Au récit de toutes ces ignominies, Pierre ne put réprimer un mouvement de colère, mais Amélie lui fit promettre de ne pas chercher à se venger.

— Oublie-le ! ajouta-t-elle. C'est mon amour pour toi qui m'a permis de passer à travers toutes ces années de malheur. Haïr, c'est se perdre et se détruire soi-même.

Ses yeux étaient si suppliants que Pierre jura qu'il lui obéirait. Décision d'autant plus facile qu'au fond, sa vengeance était déjà accomplie. Son ennemi ne se trouvait-il pas ruiné, déshonoré et sans ami, face à ses crimes ?

Ils rentrèrent aux derniers rayons du soleil pour se retrouver, enfin seuls dans la petite chambre que Pierre avait louée. Ils se couchèrent sans se déshabiller. Elle, recroquevillée, le dos contre lui. Lui, l'enveloppant de tout son corps. Elle s'endormit presque immédiatement. Il la veilla la nuit entière.

Au petit matin, l'attention de Pierre fut tout à coup éveillée par des bruits insolites. Des sifflements, suivis de pas précipités et de coups violents frappés sur le plancher. Il se dégagea des bras d'Amélie qui dormait encore et, l'épée à la main, ouvrit la porte. Un serviteur tamoul se tenait devant lui, une machette ensanglantée au poing. À ses pieds, un cobra, la tête tranchée, se tortillait sur le sol.

— Ce n'est rien, *sahib,* sourit le jeune garçon qui parlait quelques mots de français. On a beau mettre du gravier autour de la maison, ces sales bêtes cherchent toujours à entrer.

Pierre revint se coucher.

Amélie soupira dans son sommeil :

— Qu'y a-t-il ?

— Rien mon amour, rendors-toi.

Le dimanche suivant, après avoir été reçus par monsieur Law de Lauriston, et devant tous les notables de la ville, Pierre et Amélie s'unirent de nouveau dans la sacristie de l'église jésuite de Pondichéry. Cette fois, devant un prêtre qui bénit officiellement leur mariage.

Rien désormais ne semblait pouvoir s'opposer à leur bonheur. L'enquête de Pierre était terminée, à la grande satisfaction du gouverneur qui s'y trouvait en partie blanchi.

Les bagages des jeunes mariés étaient prêts. Le *Royal Louis*, le navire qui devait les ramener en Europe, était ancré au large, en face de la ville.

Pourtant, un sombre pressentiment paraissait ronger Amélie. Pierre avait dû aller au palais du gouverneur régler les dernières formalités avant leur départ. Par précaution, il avait fait placer deux gardes armés à la porte de sa chambre. Cela n'empêchait pas Amélie de sursauter au moindre cri provenant de la rue ou au moindre craquement des marches de l'escalier.

Nerveuse, elle alla à la fenêtre et souleva les lattes de la jalousie. Au loin, sur le pont enjambant le canal, venait de s'engager une charrette tirée par une paire de buffles. Sur la berge, un bûcher funéraire achevait de se consumer pendant que des femmes, le sari retroussé à mi-cuisse, lavaient leur linge dans l'eau jaunâtre.

Tout à coup, elle vit Pierre qui, lui aussi, traversait le pont. Elle sortit sur la terrasse et lui fit signe. Il répondit de la main.

Les choses ensuite s'enchaînèrent à la vitesse de l'éclair. Sous ses yeux horrifiés, Amélie vit jaillir une ombre de dessous une des piles du pont. Elle fondit sur Pierre et le frappa par-derrière.

Le jeune homme fléchit sous la violence du coup, mais il eut la force de se redresser.

Amélie savait trop bien de qui venait cette attaque sournoise. Ce monstre aux cheveux défaits, qui s'acharnait sur Pierre, ce ne pouvait être que son demi-frère, François-Xavier, revenu en cachette de Mahé. Son demi-frère traqué et prêt à tout maintenant qu'il se savait démasqué.

Le chevalier avait tiré son épée. Pierre recula en esquivant deux ou trois attaques, sans toutefois dégainer sa propre épée. Amélie l'entendit supplier :

— Chevalier, je ne veux pas me battre contre vous. Nous sommes parents désormais. Oublions le passé, voulez-vous ?

Mais l'autre ne voulait rien entendre et vociféra d'une voix pâteuse d'ivrogne :

— C'est aujourd'hui que nous réglons nos comptes, mon maudit chien !

La chemise ouverte et l'habit déchiré, de Repentigny continua donc de marcher sur Pierre, la lame pointée vers lui. N'ayant pas d'autre choix, Pierre dégaina à son tour. Bientôt, les deux duellistes se retrouvèrent pratiquement sous les fenêtres d'Amélie. Acculé contre la façade de l'auberge, Pierre ne se défendait toujours pas. Il saignait – une estafilade à l'avant-bras – et avait de plus en plus de difficulté à dévier les estocades de son adversaire. Il était clair qu'il n'allait pas tarder à succomber.

Au désespoir, Amélie lui cria :

— Pierre, je t'en supplie, ne meurs pas. Ne le laisse pas faire ! Défends-toi !

À cet appel, son époux retrouva presque instantanément ses moyens. Il para deux ou trois bottes du chevalier et, pour la première fois, le contraignit à reculer, ce qui eut pour effet de raviver la rage de celui-ci. Les deux combattants ferraillèrent encore un moment. N'étant pas un bretteur aussi aguerri que le chevalier, Pierre se contentait surtout de se défendre en repoussant les attaques avec habileté. De Repentigny, au contraire, voulait en finir rapidement. Il multipliait les imprudences. Pierre aurait pu en profiter à plusieurs occasions. Il espérait encore que ce duel insensé se terminerait sans que le sang coulât.

Il se trompait. En esquivant un coup porté à fond, il glissa sur le pavé. Le chevalier se rua sur lui pour lui plonger l'épée dans la poitrine. Pierre roula légèrement de côté, en projetant sa propre épée devant lui pour se protéger. Le chevalier s'y empala.

Avant de mourir, de Repentigny comprit-il ce qui lui arrivait ? Les yeux exorbités, il regarda le morceau d'acier qui lui traversait le corps de part en part. Ses genoux fléchirent. Il s'écroula lentement.

Pierre retira sa lame qui s'était enfoncée sous le sein gauche du chevalier. Aussitôt, le sang gicla à jets réguliers, au rythme du cœur transpercé. Le mourant semblait vouloir dire quelque chose. Pierre se pencha.

— Sois maudit ! suffoqua de Repentigny en faisant le geste de cracher.

Impassible, Pierre s'écarta. Le chevalier râlait en respirant avec difficulté. Un ultime soubresaut et il rendit l'âme.

Toujours immobile, son vainqueur resta plusieurs minutes devant le cadavre. Puis il jeta son épée et, comme pris de vertige, s'adossa à un des banians* qui ombrageaient l'entrée de l'auberge.

Il murmura pour lui-même :

« J'ai fini de ronger mon os. Le temps est enfin venu, et toi, tu ne mordras plus… »

Accourue au plus vite, Amélie fit irruption dans la rue.

En voyant son frère étendu mort, elle eut un mouvement de recul et se signa, horrifiée.

— Mon Dieu ! souffla-t-elle.

Elle vit que la chemise de son mari était tachée de sang.

— Mais tu es blessé ?

— Ce n'est rien. Juste une égratignure. Ce n'est rien. Si tu savais comme je suis désolé. Je t'avais promis…

Elle lui ferma la bouche du bout de ses doigts.

— Ce n'est pas ta faute. C'est son orgueil qui l'a tué. Il avait perdu la raison. La noblesse, la loi du sang, les privilèges… il n'avait pas compris que le monde était en train de changer et qu'il n'y a plus de place pour des hommes tels que lui.

La semaine suivante, Pierre et Amélie s'embarquaient sur le *Royal Louis*. Six mois plus tard, après avoir fait rapport au ministre Choiseul et à ces messieurs du Secret du Roi, Pierre partait avec sa femme pour Londres où, muni des papiers nécessaires, il monta sur un vaisseau de sa majesté George III, en partance pour le Canada.

À l'été de 1767, Pierre, à qui Amélie venait de donner son premier enfant – une petite fille baptisée Antoinette –, rouvrit son commerce de la rue Buade et racheta la seigneurie de Repentigny.

Le premier geste qu'il posa, avant d'accueillir les clients dans le magasin nouvellement reconstruit de son père, fut de desceller la plaque sculptée portant l'inscription vengeresse qu'il avait jadis installée au-dessus de la porte.

Le bas-relief avec son chien couché un os entre les pattes traîna longtemps dans l'arrière-boutique, puis fut oublié.

Un siècle après, en 1873, un amateur d'antiquités, l'architecte Pierre Gauvreau, retrouva le bas-relief. On peut le voir encore aujourd'hui à Québec, au-dessus du péristyle du bureau de poste. Plus personne ne se souvient de son histoire. C'est ce que souhaitaient Pierre Philibert et Amélie de Repentigny : l'oubli. L'oubli qui, seul, permet d'entrebâiller la porte du bonheur.

Laval, 26 novembre 2002

Lexique

Abattis : Endroit où l'on vient de couper des arbres qu'on n'a pas encore essouchés.

Angélique : Mme Péan, née Angélique-Geneviève Renaud d'Avène des Méloizes, appelée familièrement Lélie. Âgée de 25 ans, elle était réputée pour sa beauté et son esprit. Elle devint la maîtresse de Bigot, qui en avait 45.

Aune : Ancienne mesure équivalant à 1,20 m.

Banian : Figuier des Indes.

Béguin : Coiffe de femme attachée sous le menton.

Bergère : Fauteuil large et profond à joues pleines et à siège garni d'un coussin.

Berline : Voiture ou traîneau fermé comme les chaises de poste.

Bétel : Feuille de poivrier que l'on mâche.

Blanc de céruse : Cosmétique, maquillage à base de plomb qui donnait aux femmes un visage tout blanc.

Botte sauvage : Botte d'habitant dont la base est formée d'un mocassin.

Bouillonné : plissure de dentelle ou de tissu pour décorer un vêtement.

Bourbon (île) : Ancien nom de l'île de la Réunion.

Bourrel : Ancien nom pour désigner le bourreau.

Briconner : Voler

Brigandeur : Voleur, spoliateur.

Cabane : Lit-clos ou lit d'alcôve fermé par des rideaux.

Cabrouet : Charrette longue sans ridelles, à deux roues, pour le transport des tonneaux et des ballots de marchandise.

Camelot : Étoffe de laine mêlée de poils de chèvre ou de soie.

Capot : Manteau de grosse étoffe du pays ou de fourrure.

Caraco : Corsage ou blouse droite assez ample.

Carcassière : Chaloupe canonnière qui tire des « carcasses », projectiles explosifs et incendiaires.

Carriole : Voiture d'hiver sur patins bas.

Casaquin : Ancien corsage de femme.

Céans (venir) : Venir ici.

Chaise : Chaise (de poste), voiture à cheval pour le transport rapide du courrier ou des voyageurs.

Châlit : Cadre du lit.

Charnier : Construction de pierre où l'on conservait les cadavres pendant l'hiver.

Chartril : Charrette à quatre roues.

Cipaye : Soldat indigène au service des Européens.

Converse (sœur) : Sœur qui se consacre aux travaux manuels.

Corps : Ou « corps à baleines ». Ancien nom du corset.

Corps-mort : Arbre coupé qui pourrit sur place.

Crémone : foulard, cache-nez.

Crocheteur : Portefaix, homme de peine qui portait des fardeaux à l'aide d'un crochet.

Droguet : Étoffe de laine de bas prix.

Écarter (s') : S'égarer.

Edward (fort): Fort au sud du fort William-Henry, sur l'Hudson, connu aussi sous le nom de fort Lydius.

Esponton : Demi-pique arborée dans les parades par les officiers d'infanterie.

Étamine : Petite étoffe mince et légère, faite de laine peignée non feutrée.

Étoffe (du pays) : Grosse étoffe tissée dans les fermes.

Exempt : Officier de police.

Fascine : Assemblage de branches pour retenir la terre.

Frater : Soldat faisant office de barbier et de chirurgien.

Gabare : Petite barque faisant la navette entre les navires et la grève.

Gargoussière : Cartouchière contenant généralement neuf cartouches.

Girandole : Chandelier à branches disposées en pyramide.

Grille-boudin : Homme de rien.

Grimperau : Gamin qui grimpait partout.

Guimpe : Morceau de toile encadrant le visage des religieuses.

Guindeau : Treuil à axe horizontal, servant à remonter les ancres.

Haut-de-chausse : Culotte qui s'arrêtait au genou.

***Highlander* :** Soldat d'un régiment Britannique portant le costume traditionnel des Highlands, en Écosse

Île Royale : Ancien nom de l'île du Cap-Breton où avait été bâtie la forteresse de Louisbourg.

Jacques-Cartier : Village à une vingtaine de milles en amont de Québec.

Jourdain (monsieur) : Personnage de Molière. Type du bougeois enrichi qui veut jouer les grands seigneurs.

Lacs de soie : Cordon qui était attaché au sceau.

Laguiole : Couteau de paysan.

Lansquenet : Jeu de cartes où le banquier sort une à une des cartes qui correspondent ou non à celles sur lesquelles d'autres joueurs (pontes) et lui-même ont parié de l'argent.

Lieue : Environ 4 km.

Lit de plume : Matelas ou sac de coutil rempli de plumes de volaille ou de tourte, ou encore de fibres de cotonnier et de quenouilles.

Louis : Sous l'Ancien Régime : 1 louis d'or vaut de 20 à 24 livres ou francs. 1 piastre vaut de 5 à 6 livres. 1 pistole, 10 livres. 1 écu, 3 livres. La livre française équivalait à 5 $ d'aujourd'hui.

Louisbourg : Capitale de l'île Royale de 1713 à 1758. Sa forteresse était la clé de voûte du système de défense de l'Amérique française. Réputée imprenable, elle tomba en 1758 aux mains des Anglais, après un siège de moins de deux mois.

Maroufle : Grossier personnage, lourdaud.

Mitasses : Longues jambières de toile ou de cuir d'animaux (chevreuil, orignal).

Mitre : Les grenadiers anglais portaient des coiffures coniques ressemblant à des mitres d'évêque.

Mohawks : Iroquois qui faisaient partie de la confédération des Cinq Nations, avec les Seneca, les Cayuga et les Oneida. Les Mohawks sont aussi appelés Agniers.

Mousqueton : Fusil à canon court.

Munitionnaire : Fonctionnaire chargé d'approvisionner les armées du roi.

Nagane : Porte-bébé amérindien fixé sur le dos.

Pièce d'estomac : Sorte de riche plastron orné de dentelles, de broderies, de rubans et de bijoux, qui dissimulait la partie profonde du décolleté découverte par les robes à la française.

Piétocher : Piétiner sur place.

Pigne : Pomme de pin. « Maigre comme une pigne » signifiait « très maigre ».

Quart : Tonneau.

Ranger : Soldat d'une unité de choc de l'armée américaine.

Rassades : Petites perles de verre ou d'émail utilisées à des fins décoratives.

Ratafia : Liqueur maison obtenue en faisant macérer divers ingrédients dans de l'eau-de-vie additionnée de sucre.

Remblai : Selon Vauban, les défenses consistaient à creuser une tranchée (déblai) pour élever un rempart avec la terre excavée (remblai), lui-même protégé par une pente amortissant les coups de l'artillerie.

Rogers (major) : Célèbre militaire américain ayant formé sa propre armée de miliciens.

Roture : Qui appartient au peuple, par opposition à qui fait partie de la noblesse.

Roulier : Voiturier qui transportait des marchandises dans un chariot.

Sans-culottes : Surnom donné aux soldats écossais.

Sauvage : Ce terme est utilisé dans tous les textes de l'époque pour désigner les Amérindiens. Nous l'avons donc conservé, malgré son caractère qui peut nous sembler raciste.

Sol : Ancienne monnaie (voir Louis).

Tapabord : Chapeau à larges bords dont les côtés se rabattent sur la nuque et les oreilles pour se protéger du froid.

Timon : À l'avant des voitures, longue pièce de bois de chaque côté de laquelle on attelait les chevaux.

Tiretaine : Sorte d'étoffe de laine grossière.

Touret de nez : Petit masque.

Traîne à bâtons : Traîneau bas servant au transport des billots.

Truchement : Interprète.

Vînâ: Cithare indienne à cordes pincées et à long manche muni d'une caisse de résonance en bois et d'un résonateur fait d'une courge.

Voyageur : Trappeur, aventurier ayant trafiqué la fourrure dans l'ouest ou le nord-ouest du continent.

Wampum **:** Bande ornementale tissée à l'aide de petits coquillages. Le *wampum* avait une grande valeur. Ses dessins conservaient le souvenir des grands événements ou symbolisaient les alliances contractées par la tribu.

William-Henry (fort) : Également appelé fort George, il était situé au bout du lac Saint-Sacrement.

Zinana : Gynécée indien.

TABLE DES CHAPITRES

DANIEL

MATIVAT

Professeur et écrivain, Daniel Mativat est d'origine bretonne et vit au Québec depuis 1969. Il se consacre depuis plus de vingt ans à la littérature pour la jeunesse. Après avoir exploré dans ses livres le folklore armoricain et l'univers fantastique, il a écrit plusieurs contes humoristiques et de très savants ouvrages universitaires sur le métier d'auteur pour ensuite s'intéresser aux récits chevaleresques et aux grands personnages légendaires du Moyen Âge (*Ni vous sans moi, ni moi sans vous, Siegfried ou l'or maudit des dieux, Le chevalier et la Sarrasine*). Dans *Une dette de sang,* il s'attaque à un nouveau genre, le roman historique, en situant son histoire dans le Québec du XVIIIe siècle, à la veille de la bataille des plaines d'Abraham. Un nouveau défi !

Collection Conquêtes

11. **Jour blanc,** de Marie-Andrée Clermont et Frances Morgan
12. **Le visiteur du soir,** de Robert Soulières, prix Alvine-Bélisle 1981
14. **Le don,** de Yves Beauchesne et David Schinkel, prix du Gouverneur général 1987, Certificat d'honneur de l'Union internationale pour les livres pour la jeunesse (IBBY)
15. **Le secret de l'île Beausoleil,** de Daniel Marchildon, prix Cécile-Rouleau de l'ACELF 1989
16. **Laurence,** de Yves E. Arnau
17. **Gudrid, la voyageuse,** de Susanne Julien
18. **Zoé entre deux eaux,** de Claire Daignault
19. **Enfants de la Rébellion,** de Susanne Julien, prix Cécile-Rouleau de l'ACELF 1988
20. **Comme un lièvre pris au piège,** de Donald Alarie
21. **Merveilles au pays d'Alice,** de Clément Fontaine
22. **Les voiles de l'aventure,** de André Vandal
24. **La bouteille vide,** de Daniel Laverdure
25. **La vie en roux de Rémi Rioux,** de Claire Daignault
26. **Ève Dupuis, 16 ans 1/2,** de Josiane Héroux
27. **Pelouses blues,** de Roger Poupart
29. **Drôle d'Halloween,** nouvelles de Clément Fontaine
30. **Du jambon d'hippopotame,** de Jean-François Somain
31. **Drames de cœur pour un 2 de pique,** de Nando Michaud
32. **Meurtre à distance,** de Susanne Julien
33. **Le cadeau,** de Daniel Laverdure
34. **Double vie,** de Claire Daignault
35. **Un si bel enfer,** de Louis Émond
36. **Je viens du futur,** nouvelles de Denis Côté
37. **Le souffle du poème,** une anthologie de poètes du Noroît présentée par Hélène Dorion

38. **Le secret le mieux gardé,** de Jean-François Somain
39. **Le cercle violet,** de Daniel Sernine, prix du Conseil des Arts 1984
40. **Le 2 de pique met le paquet,** de Nando Michaud
41. **Le silence des maux,** de Marie-Andrée Clermont en collaboration avec un groupe d'élèves de 5e secondaire de l'école Antoine-Brossard, mention spéciale de l'Office des communications sociales 1995
42. **Un été western,** de Roger Poupart
43. **De Villon à Vigneault,** anthologie de poésie présentée par Louise Blouin
44. **La Guéguenille,** nouvelles de Louis Émond
45. **L'invité du hasard,** de Claire Daignault
46. **La cavernale, dix ans après,** de Marie-Andrée Warnant-Côté
47. **Le 2 de pique perd la carte,** de Nando Michaud
48. **Arianne, mère porteuse,** de Michel Lavoie
49. **La traversée de la nuit,** de Jean-François Somain
50. **Voyages dans l'ombre,** nouvelles de André Lebugle
51. **Trois séjours en sombres territoires,** nouvelles de Louis Émond
52. **L'Ankou ou l'ouvrier de la mort,** de Daniel Mativat
53. **Mon amie d'en France,** de Nando Michaud
54. **Tout commença par la mort d'un chat,** de Claire Daignault
55. **Les soirs de dérive,** de Michel Lavoie
56. **La Pénombre Jaune,** de Denis Côté
57. **Une voix troublante,** de Susanne Julien
58. **Treize pas vers l'inconnu,** nouvelles fantastiques de Stanley Péan
60. **Le fantôme de ma mère,** de Margaret Buffie, traduit de l'anglais par Martine Gagnon
61. **Clair-de-lune,** de Michael Carroll, traduit de l'anglais par Michelle Tisseyre

62. **C'est promis ! Inch'Allah !** de Jacques Plante, traduit en italien
63. **Entre voisins,** collectif de nouvelles de l'AEQJ
64. **Les Zéros du Viêt-nan,** de Simon Foster
65. **Couleurs troubles,** de Lesley Choyce, traduit de l'anglais par Brigitte Fréger
66. **Le cri du grand corbeau,** de Louise-Michelle Sauriol
67. **Lettre de Chine,** de Guy Dessureault, finaliste au Prix du Gouverneur général 1998, traduit en italien
68. **Terreur sur la Windigo,** de Daniel Mativat, finaliste au Prix du Gouverneur général 1998
69. **Peurs sauvages,** collectif de nouvelles de l'AEQJ
70. **Les citadelles du vertige,** de Jean-Michel Schembré, Prix M. Christie 1999
71. **Wlasta,** de Laurent Chabin
72. **Adieu la ferme, bonjour l'Amazonie,** de Frank O'Keeffe, traduit de l'anglais par Hélène Filion
73. **Le pari des Maple Leafs,** de Daniel Marchildon
74. **La boîte de Pandore,** de Danielle Simd
75. **Le charnier de l'Anse-aux-Esprits,** de Claudine Vézina
76. **L'homme au chat,** de Guy Dessureault, finaliste au Prix du Gouverneur général 2000
77. **La Gaillarde,** de Denis et Simon Robitaille
78. **Ni vous sans moi, ni moi sans vous : la fabuleuse histoire de Tristan et Iseut,** de Daniel Mativat
79. **Le vol des chimères : sur la route du Cathay,** de Josée Ouimet
80. **Poney,** de Guy Dessureault
81. **Siegfried ou L'or maudit des dieux,** de Daniel Mativat
82. **Le souffle des ombres,** de Angèle Delaunois
83. **Le noir passage,** de Jean-Michel Schembré
84. **Le pouvoir d'Émeraude,** de Danielle Simard
85. **Les chats du parc Yengo,** de Louise Simard

86. **Les mirages de l'aube,** de Josée Ouimet
87. **Petites malices et grosses bêtises,** collectif de nouvelles de l'AEQJ
88. **Les caves de Burton Hills,** de Guy Dessureault
89. **Sarah-Jeanne,** de Danielle Rochette
90. **Le chevalier des Arbres,** de Laurent Grimon
91. **Au sud du Rio Grande,** de Annie Vintze
92. **Le choc des rêves,** de Josée Ouimet
93. **Les pumas,** de Louise Simard
94. **Mon père, un roc!** de Claire Daignault
95. **Les rescapés de la taïga,** de Fabien Nadeau
96. **Bec-de-Rat,** de David Brodeur
97. **Les temps fourbes,** de Josée Ouimet
98. **Soledad du soleil,** de Angèle Delaunois
99. **Une dette de sang,** de Daniel Mativat

Ce livre a été imprimé
sur du papier enviro 100 % recyclé.

Empreinte écologique réduite de :
Arbres : 3
Déchets solides : 97 kg
Eau : 9 131 L
Émissions atmosphériques : 212 kg

Ensemble, tournons la page sur le gaspillage.